청소년의 미래
클래식 음악 교육이 답

감사의 마음을 담아

님께
_____

드림
_____

초판 1쇄 인쇄   2021년 4월 04일
초판 1쇄 발행   2021년 4월 04일

지은이   이미진
펴낸이   김종섭
펴낸곳   리음북스
디자인   유상희, 김민지
마케팅   조기웅, 신원철
주소   서울시 성동구 아차산로 7나길 18 성수에이펙센터 408호
전화   02-3141-6613   팩스   02-460-9360
등록   제2016-000026호
홈페이지   http://ireview.kr
이메일   joskee@ireview.kr

ISBN 978 - 89 - 94069 - 62 - 3

청소년의 미래
클래식 음악교육이 답

삶의 지혜를 여는 문
미리음북스

책을 내면서

인간을 둘러싼 사회적, 정치적, 경제적, 문화적 환경은 항상 변하고 있습니다. 지도자도 변하고, 이에 따른 정책도 변화를 맞이합니다. 그리고 클래식 음악을 대하는 사람들의 생각도 변하고 있습니다. 어느 날, 경제적 창출이 불가능하고 대학 입시에 도움이 되지 않는다는 이유로 학교나 연주회장에서 소외되고 있는 클래식 음악의 재정비가 필요하다는 생각이 문득 들었습니다.

클래식 음악은 인간의 본성이며 유일하게 인간의 감정을 다루고 힘든 일상생활에서 여유를 찾게 해준다는 점에서 없어져서는 안될 중요한 문화적 자산입니다. 이러한 고귀한 문화적 자산이 사람들의 시선에서 잊혀지고 있다는 생각에 그 중요성을 알리고 싶은 마음이 간절했습니다.

클래식 음악을 우리의 삶에 깊숙이 스며들게 하기 위해서는 다양한 분야의 도움이 있어야 한다는 생각이 들었고 철학, 교육, 경영의 입장에서 클래식 음악을 바라보기 시작했습니다.

첫 번째로 클래식 음악의 아름다움을 통해 불안하고 힘든 인간의 삶을 이겨 나갈 수 있는 힘을 기를 수 있도록 철학의 관점에서 클래식 음악을 들여다보았습니다. 또한, 잠재적 관객을 기를 수 있는 학교에서 적극적으로 음악교육의 중요성을 알아주길 바라는 마음으로 저의 생각을 써 내려갔습니다.

마지막으로 경제적 창출이 불가능하다는 부정적 시선에서 벗어나고자 경영의 입장에서 클래식 음악의 변화를 꾀하고자 하였습니다. 클래식 음악에 대한 객관적 입장이 아닌 오로지 저의 생각인 주관적 입장이라 매우 조심스러웠지만 저처럼 클래식 음악을 사랑하는 사람들이 우리 주변에 많다는 것을 알리고자 책으로 출판하기로 결심하였습니다. 이 책을 통해 소외되고 있는 클래식 음악을 사랑하는 사람들이 더 많아지길 희망합니다.

본 책을 집필하기 위해 결심한 시점부터 출판한 지금까지 든든한 지원군이 되어준 나의 남편과 가족들에게 감사함을 전하고 24년 동안 흔들릴 때마다 옆에서 조언을 아끼지 않으시며 지금까지 저를 이끌어주신 박성미 교수님께 깊은 감사를 드립니다. 그리고 처음 저의 생각을 글로 표현할 수 있도록 월간리뷰에 연재할 기회를 주신 리음북스 김종섭 대표님께도 감사를 드립니다.

차례

2장 음악교육

3장 음악경영

I

음악철학

1) 감정의 전달자로서의 클래식 음악

봄은 새로운 시작을 알리는 계절이다. 이는 파릇파릇한 새싹과 알록달록한 꽃이 새롭게 솟아오르는 자연의 세계에서 볼 수 있으며, 이 새로운 시작에 동참이라도 하듯 이곳저곳 풍성한 소식을 들려주는 예술의 세계에서도 볼 수 있다.

음악에 빠지다 보면 우리는 뜨거운 여름이 다가올 것이라는 불안함을 잊게 되고 몸속에 퍼지는 다양한 음향에 의해 여러 가지 감정이 북받치게 된다. 기쁨, 슬픔, 즐거움, 행복함, 두려움, 불안함, 애틋함까지… 우울한 감정에 사로잡혀 있다가도 하이든의 놀람교향곡을 듣고 피식 웃음 짓게 되는 강력한 힘이 음악에 존재하는 듯하다.

'음악은 감정의 예술이다.'라는 말이 여기에서 온 것일까. 하이든의 놀람교향곡처럼 음악은 우리에게 즐거움을 주기도 하고, 행복함을 건네기도 하며, 심지어 우울감을 느끼기도 한다.

여기서 궁금한 것이 하나 생긴다. 언제부터, 그리고 누가 '음악은 감정의 예술이다.'라고 이야기했을까? 음악의 주된 목적은 감정의 표현이라고 주장했던 낭만주의 시대일까? 이 질문에 대한 확실한 정답은 없다. 그저 우리가 음악을 듣기 시작했을 무렵이라 짐작할 뿐. 하지만 조금 더 확실한 예시를 찾고자 한다면 고대 그리스 신화의 오르페우스와 에우리디체를 살펴볼 수 있다.

'오르페우스는 그의 사랑하는 여인인 에우리디체를 찾기 위해 지옥으로 간다. 그는 그의 연주로 지옥에 있던 신들의 마음을 흔들어 놓아 그의 여인을 되찾아 오게 된다.'

지옥에 있던 신들에게 감동을 주고 마음을 흔들기까지 한 오르페우스의 연주는 음악과 감정이 매우 밀접한 연관이 있다는 것을 보여준다. '음악이 존재한 순간부터 음악과 감정은 밀접한 연관이 있을 것이다.' 이 문장을 들었을 땐 누구나 머리를 끄덕일 것이다.

하지만 여기서 한 가지 더 궁금한 것이 생긴다. 그렇다면 음악과 감정을 이론적으로 연관시킨 철학자나 작곡가는 누가 있을까? 고대 그리스 시대 대표적인 철학자라 꼽히는 플라톤과 그의 제자 아리스토텔레스는 음악은 감정과 밀접한 관계가 있다고 보았는데, 플라톤은 이를 인간의 도덕적인 측면까지 연결시킨다.

좋은 음악을 들으면 좋은 행동을 하고 나쁜 음악을 들으면 나쁜 행동을 하게 된다고 본 모양이다. 좋은 음악과 나쁜 음악의 구분은 누가 하며 어떻게 나눌 수 있을까. 그만큼 음악이 사람에게 끼치는 영향을 강하게 주장하고 싶었던 것인지. 그의 제자인 아리스토텔레스는 지금의 나와 같은 생각이었는지 새로운 주장을 내세운다.

그에게 있어 아름다운 음악은 '카타르시스'를 느낄 수 있어야 한다고 주장하며 그의 스승, 플라톤에 맞서기 시작한다. '슬플 땐 더 슬픈 음악을 들어라.' 슬픈 감정을 주는 음악을 나쁜 음악이라고 보았던 플라톤은 그 당시 아리스토텔레스를 매우 강하게 비판하고 싶었을 것이라 짐작한다.

2) 4차 산업혁명과 클래식 음악

4년 전 개봉한 영화 'HER'를 보고 잠시 동안 생각에 잠겼다. 인공지능을 장착한 기계와 사랑에 빠지는 주인공. 과연 가능할까. 가능하게 된다면 우리 생활에 어떤 변화가 생길까. 4차 산업혁명이라 불리는 요즈음, 모든 사람들의 초점은 인간을 대신할 수 있는 기계에 향하고 있다.

18세기 중엽 영국인들은 그 당시 자신들이 만든 기계에 의해 지배당할 수도 있을 것임을 짐작이나 했었을까? 친구가 될지 적이 될지 아직 확실치 않은 지금, 그럼에도 불구하고 적이 될 것임을 가정하여 생각해 보고 싶다. 혹시나 적이 된 기계에 의해 어두워질지도 모르는 클래식 음악의 미래를 대비하여...

감정의 표현이 중요한 클래식 음악을 기계가 어떻게 작곡을 하고, 청중들에게 어떻게 전달할 수 있을지 의문을 갖게 한다. 우리는 여기서 들여다볼 것이 있다. 작곡가들은 감정 표현을 곡 안에 어떻게 투영하고 연주자들은 그 감정을 어떻게 표현하는지 생각해보자는 것이다. 더 나아가, '아름다운 음악은 인식 단계를 넘어선 감정의 도취다.'라고 본 철학자 니체가 이 현상을 어떻게 받아들일지도.

인간 내면에 결핍된 근본적인 슬픔

바로크 시대 대표적 작곡가인 요한 세바스챤 바흐는 첫 번째 부인과 7명, 두 번째 부인인 안나 막달레나와 13명의 아들을 낳았지만 그 중 9명의 자식들만 살아남게 되는 불운을 안으며 깊은 슬픔에 빠져든다. 하지만 그에게 참담한 일들만 있었으랴. 우리와 같이 다양한 감정을 느꼈을 것이고 이것을 그의 곡 안에 그만이 할 수 있는 방법으로 창조해 냈을 것이다.

10여 년 전, 처음 미국에서 들었던 수업 중의 질문 하나, '클래식 음악 중 가장 슬픈 곡은 무엇일까?' 다양한 대답이 오고 갔다. 그중 모두 인정했던 바흐 무반주 바이올린을 위한 파르티타 2번 중 5번째 곡인 샤콘느. 모두 고개를 끄덕일 수밖에 없었다. 바이올린으로 만들어 낼 수 있는 모든 표현과 작곡기법을 그만의 방법으로 쏟아 넣은 이 곡은 인간 내면에 결핍되어 있는 근본적인 슬픔을 찾아내려 하는 듯하다.

그의 슬픔을 대변이라도 하는 것 같았다. 음악을 통한 그의 갈망은 아들인 칼 필립 임마누엘 바흐에게 전달된다. 한 가지 감정을 하나의 곡 안에 흡수시키려 했던 아버지와 달리 그는 하나의 곡 안에 다양한 감정이 공존하는 방향을 제시한다. 슬픔을 느끼다가 갑자기 기쁨을 느끼게 되고, 생각지도 못한 곳에서 끝을 맺기도 한다. 그 당시, 이 새로운 작곡 스타일은 청중들에게 신선한 충격을 준다.

낭만시대 이후 등장한 작곡가들 가운데 누구보다 강렬한 감정을 원하던 바그너는 그의 작품과 일상생활에서 감정과 매우 밀접한 관계를 맺는다. 감정 표현에 있어 솔직한 그는 리스트의 딸을 포함하여 평생 많은 여인들과 함께 한다. 하지만 제자의 아내와 사랑에 빠져도 당당했던 그는 감정 표현의 솔직함을 핑계로 자기 보호를 하는 듯하다.

그럼에도 불구하고 그가 활동했을 당시 그의 인기가 하늘을 치솟을 만큼 높았다는 것은 무시할 수 없는 일이다. 대중을 감정과 증오로 장악했던 히틀러, 사람의 마음을 흔드는 디오니소스적 감성을 중시한 니체조차 바그너에게 빠져들었다. 예전에 없었던 화음을 만들어내고 새로운 시도를 과감하게 한 이유 때문이었을까.

음악을 통한 망각과 도취를 너무도 사랑한 니체가 자신의 감정에 무한히 빠져들었던 바그너에 그토록 열광한 것은 당연한 듯 보인다. 하지만 여기서 한 가지 상상해보자. 작곡가와 연주자가 창조해 내는 음악에 흠뻑 빠져 심취하고 싶었던 니체에게 감정을 모방해 내는 기계의 음악을 들려준다면 그는 어떤 반응을 보였을까?

자신의 곡 안에 인생의 희로애락을 담길 원했던 요한 세바스챤 바흐. 아버지 바흐가 표현한 감정이 부족하기라도 하듯 그의 모든 감정을 곡 안에 쏟아 낸 칼 필립 임마누엘 바흐. 누구보다 문학을 사랑했고 격렬한 사랑에 빠졌던 리하르트 바그너. 감정에 빠져 헤어 나올 수 없게 하는 도취와 망각의 음악을 사랑했던 철학자 니체. 그들은 음악과 감정 그리고 인생이 뫼비우스의 띠처럼 만나지는 못하지만 하나로 묶여있다고 믿었던 예술가와 철학자였다.

아무리 인공지능을 장착했다 하더라도, 삶에서 맞닥뜨린 다양한 감정을 새로운 작곡기법과 이론을 통해 표현하는 것처럼 기계가 똑같이 해낼 수 있을지 의문이다. 더 나아가 연주할 때마다 달라지는 연주자의 창의적이고 직관적인 표현을 기계가 대신할 수 있을지도 의문이다.

얼마 전, 모 TV드라마에서 감정을 느끼지 못하는 주인공을 보며 문득 한 가지 생각이 떠올랐다. 기계와 같은 사람은 있지만 사람과 같이 감정을 느끼고 표현할 줄 아는 기계가 있다면 음악은 인간만이 할 수 있는 영역이라고 자신 있게 이야기할 수 있을까?

이른바 4차 산업혁명을 논하는 요즈음, 공상소설에서나 가능했을 법한 일들이 이제 서서히 현실화되고 있다. 사람의 감정과 분위기를 파악하고 공감능력이 가능한 기계가 홍콩에서 출시되었다는 것을 보아도 기계의 시대는 이미 우리 가까이 와 있다. 물론, 이성을 종종 상실하고 감정조절이 힘든 사람보다 기계가 더 낫다고 말하는 사람들이 분명 있겠지만, 기계와 인간이 하나가 된다고 상상해보자. 인간만의 특별함이 있다고 믿는 이들에게 이는 얼마나 끔찍한 일인가.

하지만, 아직까지 걱정할 필요가 없다고 본다. 새로운 창조와 비판적 사고는 인간만이 가능하기 때문이다. 감정을 음악으로 새롭게 창조해 내지 못하는 기계와 창의적인 연주자의 직관적 표현을 해 낼 수 없는 기계... 지금까지 많은 작곡가들과 연주자들이 창의적으로 새롭게 창조해 왔듯, 앞으로도 그들이 클래식 음악을 기계가 범접할 수 없는 분야로 이끌 것임이 분명하다.

고대 그리스 시대부터 음악을 통한 감정의 전달을 중요하게 보았던 철학자들은 감정표현의 최고조라 불리는 낭만주의 시대에 더 두드러지게 나타난다. 그중 쇼펜하우어는 고통으로 둘러싸인 현시대로부터 벗어날 수 있게 해주는 것은 예술밖에 없다고 보며, 예술이 감정을 함축하고 있는 동시에 청중에게 감정을 전달한다고 설명한다.

철학자들뿐만 아니라 작곡가들도 감정표현을 위해 그들의 모든 집중력을 곡 안에 쏟아낸다. 낭만주의 시대 대표적 작곡가라 꼽히는 쇼팽, 슈만, 리스트 모두 그들의 음악을 통해 우리는 다양한 감정을 느끼게 된다. 하지만 음악 안의 감정을 설명하기 위해서는 낭만주의 시대를 넘어서 바로크 시대까지 거슬러 올라갈 필요가 있다.

물론, 모든 시대의 작곡가들은 그들의 감정을 전달하기 위해 많은 노력을 다했을 것이다. 하지만 바로크 시대와 낭만주의 시대야말로 다른 시대와는 다르게 곡 안의 감정을 관객들 모두에게 전달되길 바라는 궁극적인 목적이 있었던 시기였다.

　모든 철학자들과 음악가들은 항상 생각했다. 그들이 열정을 다해 작곡을 한다면 그들의 감정이 곡 안에 흡수되고 듣는 청중들에게 그 감정이 전달될 수 있다고 생각했다. 마치 음악의 목표가 감정 전달이라는 것처럼말이다.

　여기서 우리는 클래식 음악을 감상할 때 음악의 감정 전달에만 초점이 맞추어서는 물론 안되지만 음악과 감정을 수어지교(水魚之交)와 같이 떼려야 뗄 수 없는 관계로 마주할 수밖에 없을 것이다. 그렇다면 우리는 그 감정을 어떻게 감상해야 하며 어떻게 연주해야 할까. 이는 클래식 음악을 전공하는 대학생들이 듣는 수업을 보면 알 수 있다. 음악이론, 음악사, 피아노 문헌 등등.. 이 수업과 피아노 연주의 융합을 통해 우리는 음악을 감정과 연관시켜 감상하고 연주할 수 있을 것이다.

　더 나아가 첫 사회생활인 대학생활에서의 다양한 경험을 통해 감정의 여러 가지 색들을 그려 나갈 수 있을 것이다. 음악을 듣고 감정이 느껴지지 않거나 연주할 때 감정표현의 한계가 느껴지는 학생이 대학생활과 학업생활을 간과한다면 그들에게 있어 감정은 더 이상 가까이 다가가기 힘든 존재일 것이며 더 나아가 감정과 연관된 공감 능력 또한 사라질 것이다.

　대중문화와 인터넷의 발달로 인해 시간과 장소에 구애받지 않고 클래식, 재즈, 팝 등의 다양한 음악을 너무나 쉽게 감상할 수 있다. 이러한 음악은 플라톤과 아리스토텔레스가 이야기하는 것처럼 우리에게 긍정적으로, 또는 부정적으로 흡수되기도 한다.

하지만 여기서 확실하게 이야기할 수 있는 것은, 요즘 우리 생활에 음악은 부정적인 면보다 긍정적인 면을 상대적으로 더 많이 내포하고 있으며 음악을 감상 또는 연주함으로써 스트레스를 풀기도 하고 이를 통해 안정감까지 느낄 수 있다는 것이다. 불안하고 어지러운 현시대에 음악을 곁에 두고 함께해야 하는 이유가 여기에 있다.

3) 칸트, 헤겔, 베토벤의 삶과 교훈

   불공정한 현실을 받아들이며 하루하루의 삶을 맞이하는 사람들과 불공정한 현실이지만 용기를 내어 비판적인 사고와 행동을 하고 동시에 건강한 내면을 유지하며 살아가는 사람들. 현시대 우리 주변에서 볼 수 있는 두 부류의 사람들이다. 이성을 가진 사람이라면 두 부류 중 당연히 건강한 내면이 깃든 삶을 살고 싶을 것이다.

   그렇다면 불공정한 현실을 받아들이며 사는 사람들은 이성이 없는 것일까? 당연히 그렇지 않다. 그들도 분명 이성을 가진 사람들이며 건강한 내면의 삶을 살고 싶어 하는 평범한 사람들이다. 어쩔 수 없이 굴복하여 살 뿐이다. 불공정한 현실임에도 불구하고 우리가 그 안에서 목소리를 내지 못하고 침묵한다면 어두운 인생의 긴 터널에서 빠져나오지 못하게 될 것이다. 지금의 현실은 어둡지만 앞으로의 밝은 희망을 위해 내면의 건강함을 유지하며 깨어 있는 삶을 살아야 한다.

불평등한 시대에 살았지만 본인만의 목소리를 높였던 철학자 칸트, 헤겔과 작곡가 베토벤과 같이. 꽁꽁 얼어붙은 옛날 사고를 지녔던 18세기 유럽에서, 인간만이 지닌 이성을 바탕으로 자유롭게 비판적 사고를 하고 동시에 어린아이와 같은 순수한 내면을 지녔던 그들을 바라보고 있노라면 현실을 회피하고 있는 나 자신이 때때로 부끄러워지곤 한다.

자유, 평등, 박애를 뜻하는 프랑스의 국기는 18세기 후반 발생했던 프랑스혁명을 높이 사고자 3개의 색에 의미를 부여하여 만들었다고 전해진다. 그들의 국기에까지 영향을 주었던 프랑스혁명은 그 당시 어떤 의미였을까.

3개의 신분으로 구성된 프랑스는 제3신분이었던 시민들이 절대적 권력을 자랑하던 왕과 귀족에 반하여 적극적으로 그들의 목소리를 높이기 시작했다. 그들의 구호가 바로 자유, 평등, 박애이다. 프랑스를 시작으로 다른 유럽 나라에까지 이 구호가 각 나라만의 방법으로 전해졌다.

그중 프랑스는 혁명과 같이 적극적인 방법으로, 이와 다르게 독일은 소극적인 방법으로 전파되었다. 직접 나서서 목소리를 높이기보다 조용히 철학과 문학, 예술을 통해 소극적인 투쟁을 했던 것이다. 어떻게 철학, 문학과 예술로 사람들의 사고를 변화시키고 평등한 삶을 위한 투쟁을 했는지 철학자 칸트와 헤겔, 작곡가 베토벤을 통해 살펴보자.

　아름다운 음악조차 사람의 이성을 바탕으로 한 판단을 통해 이루어져야 한다고 주장한 독일의 철학자 칸트는 사람들이 무지, 선입견, 관습, 어두운 전통에서 깨어 나오길 간절히 바랐다. 하지만 인간의 보편적 이성을 중요하게 본 칸트가 자유를 동시에 중요시했다는 것은 앞뒤가 맞지 않는다고 생각할지도 모른다.

　여기서 칸트가 생각했던 자유는 인간의 이성을 바탕으로 자유롭게 생각하고 결정한 도덕 법칙을 통해 행동하는 것을 의미한다. 이 당시 칸트가 불평등하고 불완전한 사회에 살면서 사람들에게 이성을 통한 자유로움의 빛을 비추지 않았다면 독일의 계몽주의적 흐름은 지속되지 못했을 것이다.

　이러한 계몽주의적 흐름은 칸트에서 끝나지 않고 헤겔과 베토벤에게까지 영향을 주었다. 헤겔은 변증법, 즉 정-반-합이라는 사고의 과정을 중요하게 본 철학자로서 인간의 사고가 자연보다 훨씬 위대하며 이러한 사고의 과정을 통해 인간 정신이 예술, 종교를 거쳐 가장 높은 위치의 철학까지 도달할 수 있다고 주장했다.

　헤겔과 동시대 작곡가인 베토벤도 인간의 사고 과정을 통한 정신을 중요하다고 보며 비슷한 시기의 작곡가인 모차르트, 하이든과는 다른 길을 선택했다. 그 당시 물질적인 결핍이 일상이었던 작곡가들은 귀족의 후원을 받아 작곡을 할 수밖에 없는 현실이었다.

　그럼에도 불구하고 베토벤은 그 일상적인 길을 걷지 않았다. 평소 괴팍한 그의 성격 때문이었는지 청각을 잃어가는 분노 때문이었는지 정확히 알 순 없지만 베토벤은 평범한 길을 거부하고 그만의 길로 걸어갔다. 하지만 평범한 길을 거부하고 어려운 길을 택한 베토벤은 보란 듯이 대작들을 만들어냈다.

어떻게 가능했을까. 태어날 때부터 궁정에 속해 귀족들을 위한 곡을 써내려 간 베토벤은 그들과의 격차를 좁히려 안간힘을 썼다. 그가 독서광이 될 수밖에 없었던 이유가 여기에 있다. 하지만 억지스러운 생활은 지속되기 힘들었고 그는 사람들을 피해 은둔생활을 시작할 수밖에 없었다.

이보다 더 힘들었던 상황은 바로 귀가 더 이상 들리지 않았을 때였을 것이다. 섬세한 청각의 사용이 필수적인 음악가에게 소리를 들을 수 없다는 건 그에게 더 이상 작곡을 할 수 없다는 것과 같은 의미였기 때문이다. 그럼에도 불구하고 바로 이 시기 그의 철학과 음악이 성숙되어갔다. 피할 수 없는 자신의 불운을 받아들이고 평안을 찾기 위해 음악을 통한 새로운 시작을 향해갔던 것이다.

그 당시 어두웠던 시대적 상황과 개인적 불운을 벗어나기 위한 그의 시도는 그 만의 독특한 작곡기법을 만들어냈고 귀족의 후원 따위를 단호히 거절하게 되는 결과를 낳았으며 이전 시대의 구습에서 완전히 벗어나게 만들었다.

'어느 법칙에 구속받지 않고 이성을 바탕으로 자유롭게 사고할 수 있는 것은 결국 인간의 정신뿐이다.'

이런 생각을 가진 베토벤이 있었기에 지금까지 클래식 음악이 현존해오고 있는 것이 아닐까 조심스레 생각해 본다. 불운을 안고 태어난 그가 어려움을 이겨내기 위해 책과 음악을 택했듯, 어두운 현실을 살고 있는 우리도 의지할 수 있는 무언가가 필요하다는 건 누구도 문제를 제기할 수 없는 사실이다.

21세기를 살고 있는 지금, 앞서 이야기했던 계몽주의적 사고와 운동이 우리 생활에 필요할까? 불공정한 사회에 맞서지 못하고 그에 순응하며 사는 사람들이 있는가 하면 불공정한 사회에 불만을 품고 다른 사람들에게 공포를 유발하는 사람들이 있다. 그들이 필요한 것은 돈과 같은 물질적인 것이 아닌 건강한 삶을 살고 있는 사람들의 계몽주의적 사고일 것이다. 계몽주의적 사고, 즉 썩어가는 고인 물에 물꼬를 터주는 것처럼 어둠에서 밝음으로 깨우쳐 가게 하는 이 사고는 모든 시대와 모든 세계에 꼭 필요한 요소임에 틀림없다.

계몽주의적 사고와 운동은 이전 시대와 마찬가지로 지금까지 계속 일어나고 있으며 앞으로도 계속 일어나야 할 것이다. 베토벤과 같이 이성적 사고를 바탕으로 하는 비판적이고 자유로운 생각이 불공정하고 불안정해 보이는 현재의 인간 세계에 작고 희미하지만, 긍정적인 희망의 빛을 우리 앞에 비추어 줄 것이라고 믿어 의심치 않는다.

4) 불안한 시대, 음악이 필요한 이유

'사람은 타고난 시대의 운명을 거스를 수 없다. 하지만 이 운명을 어떻게 받아들일지는 본인 의지에 달렸으며 이에 따라 한 사람의 인생이 달라진다.'

미소를 머금은 얼굴에 엉뚱하고 재치 있는 제스처로 사람들에게 웃음을 안겨준 찰리 채플린. 이는 우리가 찰리 채플린을 떠올릴 때 그려지는 이미지이다. 하지만 집시의 피를 물려받아 이리저리 거처를 옮기고, 거기에 더해 공산주의자로 낙인찍혀 미국에서 쫓겨나야 했던 그의 암울한 상황을 알고 있다면 찰리 채플린의 이미지는 완전히 다르게 그려질 것이다. 우리에게 보이는 건 그의 미소가 아닌 슬픔이 가득한 눈, 엉뚱해 보이지만 세상 풍파에 무너진 마음을 다독여주는 제스처임을..

그가 타고난 운명과 현실은 어두웠지만 이로부터 벗어나기 위해 반어적으로 코미디를 사랑했던 찰리 채플린. 같은 시대 저 멀리 러시아, 즉 소련에서도 찰리 채플린이 겪은 성장통을 맞닥뜨린 음악가들이 있었다.

스트라빈스키, 프로코피에프와 쇼스타코비치. 자라온 환경과 성격이 달랐던 세 작곡가는 정치, 경제는 물론 음악까지 자신의 손아귀에 넣고 싶었던 스탈린의 지배하에서 이 성장통을 어떻게 받아들였을까?

현시대 가장 악한 사람으로 꼽히는 스탈린은 '한 사람의 죽음은 비극, 백만 명의 죽음은 숫자'라고 이야기할 만큼 죽음을 숫자로만 생각하던 독재자로 20세기 초반 소련을 비이성적인 세계로 몰아넣었다. 자국민일지라도 본인의 목적에 반하는 생각이나 행동을 한다면 학살은 물론이며 암매장까지 행했던 스탈린이다.

21세기를 살고 있는 지금, 이와 같이 비이성적 상황은 상상조차 하기 힘들 것이다. 그럼에도 불구하고 그때 당시 비이성적인 행동이 가능했던 것은 전쟁이 일상이었고 한 사람에 의한 독재가 가능했던 시대적 상황이 아니었을까. 독재가 가능했던 이 시기, 철저히 모든 것들을 자신의 손아귀 아래 두고 싶어 했던 스탈린이 정치, 경제는 물론 사람의 마음을 흔드는 예술까지도 어떻게든 장악하고자 한 것은 당연해 보인다.

여기서 한가지 의문이 든다. 표현의 자유를 중요시한 예술가들이 주변 사람들에 의해 제한받는다면 과연 그들은 참아낼 수 있었을까?

독일 철학자 아도르노는 '예술가들은 그들에 의해 창조된 예술 작품으로 사회가 숨기고 있는 모순과 비판, 그리고 억압까지 드러낸다'고 설명한다.

예술과 사회의 밀접한 관계를 의미하는 '사회의 미메시스(mimesis 모방)'. 이 사회의 미메시스를 통해 20세기 초반 전쟁이 일상이었던 때, 사회와 예술의 복잡 미묘한 상황을 보다 쉽게 이해할 수 있을 것이다.

하늘을 찌를 듯한 공포가 가득했던 20세기 초반 소련, 현재 러시아 작곡가라고 하면 떠오르는 대부분의 작곡가들, 스트라빈스키, 프로코피에프, 쇼스타코비치 등. 그들은 표현의 자유를 박탈당한 채 이를 어떻게든 해결해 나가고자 했다. 반항하거나, 받아들이거나, 받아들이는 듯 보이나 소극적 반기를 들거나…

프로코피에프와 쇼스타코비치의 존경을 한 몸에 받았던 스트라빈스키, 샤넬과 급속히 사랑에 빠질 정도로 자유로운 영혼이었던 그가 한 사람의 통제로 표현의 제재를 받았을까? 작곡에 있어서도 한 가지 방법만을 고수하지 않고 새로운 기법을 추구하였던 그는 결국 프랑스와 미국으로 이주해 버리는, 즉 반항하는 모습을 보였다.

스탈린의 혹독한 제재 속에 그들의 입맛에 맞는 작품을 내놓은 프로코피에프와 쇼스타코비치를 보았을 때 스트라빈스키는 어떤 반응을 보였을까?

프로코피에프는 스탈린에게서 벗어나고자 미국으로 이주해 버렸

다가 어쩔 수 없는 상황에 다시 소련으로 돌아와야 했다. 어깨를 짓누르는 삶의 무게를 견뎌내지 못했던 다혈질의 프로코피에프가 다시 소련으로 돌아와야 했을 때, 그의 심정은 말로 표현할 수 없는 고통을 안고 있었을 것이다.

그럼에도 불구하고 그는 작품 활동을 멈추지 않았으며, 마음 저 깊숙이 박혀 있는 분노를 누구도 눈치채지 못하게 포장하여 표출하였다. 하지만 프로코피에프와 동시대 작곡가였지만 180도 다른 평가를 받는 쇼스타코비치는 그가 존경하던 스트라빈스키에게 평가 절하 당하며 스탈린의 요구에 납작 엎드리는 모습을 보였다.

한 가지 소개해 주고 싶은 책이 있다. 줄리언 반스(Julian Barnes)의 〈시대의 소음, The Noise of Time〉. 이 책을 읽기 전, 나에게 쇼스타코비치는 일반적으로 생각하듯, 사회적 성공을 위해 본인의 의지와는 상관없이 작곡을 하는, 냉소적으로 표현하자면, 비열한 작곡가들 중 한 명에 지나지 않았다.

'쇼스타코비치'하면 떠오르는 왈츠2번이다. 스탈린 독재 하에서 그의 심기를 건드리지 않고 동시에 충성스럽고 영웅적인 소비에트 음악 중 하나이다. 하지만 평소 갖고 있던 나의 생각은 이 책을 읽고 난 후 달라졌다. 나의 생각은 완전한 편견이었다. 누군가에게 싫은 소리를 하기 힘들어하고 듣는 것조차 견디기 힘들어했던 소심하고 평화주의자였던 쇼스타코비치였다. 스트라빈스키처럼 소련을 떠나고 싶었고, 프로코피에프처럼 분노를 표출하고 싶었음이 틀림없다.

그럼에도 불구하고 그가 평생 소련에 남아 작품 활동을 유지한 것은 '소련을 떠나는 순간 자신의 조국을 버린다'는 생각으로 가득했던 그에게 있어 당연한 결과이다.

　스탈린의 손아귀에서 벗어날 수 없는 운명을 안고 살아간 20세기 초반 소련의 작곡가들. 누군가는 반항하고, 누군가는 어쩔 수 없음을 받아들이고, 누군가는 받아들이는 듯 보이나 작지만 자신의 목소리를 냈던 그들이다.

　암울한 사회를 표출하고 드러낼 수 있었던 예술, 즉 음악을 통해 그들이 간절히 원했던 표현의 자유가 있는 바람직한 사회로 한 발짝 다가가기 위해 그들은 적극적으로 그리고 소극적으로 끝없이 투쟁해 나갔다. 불공정하고 암울한 사회를 자신만의 목소리로 비판하고 긍정적 투쟁을 할 수 있는 사람은 오직 예술가이며, 우리는 이를 높이 삼아 사라지고 있는 클래식 음악의 미래에 긍정적 빛을 밝힐 수 있길 바란다.

5) 음악교육을 통한 이성과 감성의 조화

　얼마 전 뉴스에서 사람들을 경악시킨 사건이 하나 있었다. 본인과 딸의 희귀병을 내세워 10억 원 이상을 후원받고, 말로 전하기 힘들 만큼 끔찍하게 딸의 친구를 살해한 사건이다. 외관상 보통 사람과 같아 보이지만 반사회적 행동을 보이며 무책임하고 죄책감 없이 거짓말을 하는 모습이었다. 평범하게 보이는 가면을 쓴, 하지만 맨 얼굴은 끔찍한 범인의 모습이었다.

　행복과 고통이라는 인생의 굴곡을 겪으며 평범한 일상을 사는 사람들 주변에서 브레이크 없는 폭주자들은 점점 더 구별해 내기 힘들 정도로 완벽한 가면을 쓰고 함께 살아가고 있다. 이 위험한 공존 관계를 끊기 위해 그들의 가면을 벗기는 것보다 가면을 쓰게 된 이유와 그 본질을 찾는 것이 더 중요하다고 보인다. 더 이상 그들이 그 가면을 쓰지 못하도록...

여기서 한 가지 의문이 든다. 왜 그는 인간의 탈을 쓴 악마가 되었을까? 그의 폭주를 막을 브레이크는 없었던 것일까? 그의 주변 누군가는 어린 시절 문제 행동이 보였을 당시 감싸려 하지 말고 적절하면서 동시에 강한 조치를 취했어야 했다. 몇 시대 전임에도 불구하고 플라톤, 루소와 같은 철학자들은 어린 시절, 음악을 통한 올바른 교육을 그 어느 것보다 중요하다고 보았다.

철학자들이 생각한 이상과 현실은 반드시 일치하지 않지만 반사회적인 문제 행동을 아동기에 살짝 보여준다고 하니 이 시기가 중요한 건 분명해 보인다. 그렇다면 이 시기 그들에게 '누가' '어떤' 조치를 취해야 할까? 플라톤, 루소를 통해 어린 시절 음악교육이 그들에게 얼마나 중요한지 살펴보자.

어린아이에게 음악을 가르침으로써 얻게 되는 긍정적 효과를 우리 눈으로 직접 확인하기란 굉장히 어려운 일임에 틀림없다. 그럼에도 불구하고 어린아이들에게 음악을 가르쳐야 하는 이유가 있다. 어린 시절에는 음악을 통해 이성과 감성을 조화시킬 수 있다는 것이다. 음악을 통해 두뇌가 발달하고 정서 및 감각을 자극시켜 동시에 감성까지 키워줄 수 있기 때문이다.

미국 한 대학의 연구에서 이와 관련된 흥미로운 결과를 보여준다. 어떤 상황에도 감성이 자극되지 않는 사람이 어릴 적 가족과 교사의 보호 아래 올바른 교육, 특히 음악교육을 함께 한다면 긍정적인 결과를 기대할 수 있다는 것이다.

'음악은 사람들의 마음을 움직이게 하고 흔들리게까지 한다.'라고 본 철학자 플라톤은 자칫 잘못하여 그가 생각한 '나쁜 음악'을 어린 아이에게 전달한다면 그들은 결국 타락의 길로 빠지게 될 것이라고 보았다. 그럼에도 불구하고 이렇게 위협적이고 위험하기까지 한 음악을 제대로 선택하여 올바른 방법으로 아이들에게 교육한다면 불안한 삶에서의 균형을 바로잡아갈 수 있을 것이라 생각했다.

음악과 음악교육을 통한 불안한 삶에서의 이성과 감성의 조화, 절제와 균형. 음악교육을 통해 사람이라면 누구나 가지고 있는 욕구와 그와 관련된 다양한 자극적인 표출을 절제할 수 있다고 보았다. 음악의 존재 이유를 단지 아름다움을 추구하는 것이 아닌 교육적인 시선으로 바라본 플라톤이 슬픈 감정을 과하게 자극하지 않는 음악을 좋아한 것은 어찌 보면 당연해 보인다.

점점 불안해지고 황폐해가고 있던 이 시기, 사람의 마음을 흔드는 음악을 어린아이들에게 함부로 교육한다면 사회가 더욱 혼란스러워질 것이라 믿었다. 하지만, '잘' 교육된 교사가 올바른 음악을 '잘' 선택하여 제대로 된 방법으로 '잘' 다룬다면 음악교육은 그 어느 것보다 사회의 혼란을 잠재울 수 있는 최고의 방법이라고 보았다.

'이성은 인간을 만들어내고, 감성은 인간을 이끌어 간다.'라고 본 음악가이자 교육자, 그리고 철학자였던 장 자크 루소는 이성을 바탕으로 한 감성은 인간의 삶을 바른 길로 이끌 수 있는 유일한 도구라고 생각했다.

직업과 집 없이 평생 떠돌아다니며 부정적 생각을 가진 한 사람이 교육에 대해 운운한다는 것은 언행불일치로 여길 수밖에 없겠지만 교육의 혜택을 받지 못했던 루소가 이상적인 교육방법을 갈구하며 실험해 나갔다는 것은 그나마 어느 정도 이해할 만하다.

그렇다면 혼란스러운 현실 속에 그가 생각한 이상적인 교육법은 무엇이었을까? 그는 인간의 감성을 무시한 채 이성적인 영향만을 강조한다면 이 불안한 현실을 이겨낼 수 없을 것이라고 보았다. 물론 과장되고 인공적인 음악을 멀리했던 루소에게 과한 감성을 강조하는 것은 그의 심기를 불편하게 만들었을 것이다.

그에게 있어 인간이라면 지녀야 할 이성 역시 중요한 요소였다. 하지만 공부 위주의 대학 입시만 강조하고 남을 향한 마음, 즉 배려, 사랑, 양보와 같은 인간의 기본적 감성을 채워주지 못하는 현 학교의 상황을 루소가 알았다면 그의 반응은 어땠을까. 분명 문제 행동을 보이는 학생들에게 더 가혹한 행위를 가하고 있다고 지적했을 것이고 동시에 문제 행동을 보이는 그들에게 감성의 발달을 촉진하는 음악 교육을 강조했을 것이다.

불안하고 어지러운 현시대를 살아가는 아이들에게 있어 '교육'을 가장 중요한 요소라고 꼽은 루소가 인간이라면 기본적으로 지녀야 하는 이성과 감성의 조화, 이것은 교육을 통해, 특히 음악교육을 통해 향상될 수 있다고 언급한 것은 당연해 보인다.

겉모습은 다른 어느 사람들과 다를 바 없지만 이성과 감성이 조화되지 않는, 즉 감성을 바탕으로 한 이성적 판단을 내리지 못하는 사람들이 우리 주변 곳곳에 있다. 그들은 보통사람들과 같은 겉모습으로 우리와 함께 살아가고 있다. 말로 설명하기 힘든 잔인한 범죄를 저지르며... 어떻게 그들의 문제 행동을 줄일 수 있을까?

철학자 플라톤, 루소는 어린 시절 음악교육에서 해결책을 찾아간다. 음악교육만이 그들의 문제 행동을 조절할 수 있다고 믿었던 것이다. 이성과 감성을 '잘' 조화시킬 수 있기 때문에. 그럼에도 불구하고 성적의 결과만을 중요시하는 현시대에 음악 수업의 중요성은 점차 사라지고 있다. 하지만 플라톤과 루소가 지금의 일그러진 교육 세태를 본다면 어떤 반응을 보일지 궁금하다.

6) 깨달음과 성찰의 시간

　겨울은 새로운 시작을 알리는 '봄'을 맞이하기 위한 축제의 계절이다. 2017년 12월의 마지막을 향해가고 있는 지금, 우리 주변에는 소중한 사람들과 함께 축제를 보내려는 사람들이 가득하다. 이렇듯 겨울은 화려한 크리스마스 장식에 사람들의 즐거운 웃음소리만이 들릴 듯하다.

　그럼에도 불구하고 지금 이 시기, 암울한 과거에 대한 후회와 우울한 미래에 대한 고통으로 휩싸인 사람들을 한 번 돌아보고 싶다. 더 나아가 이 어두운 터널을 끝내 나가지 못하는 사람들도... 나 조차도 지나간 일들에 대한 후회와 일어나지 않은 일임에도 불구하고 미래의 부정적인 일들 만을 생각하며 어두운 생각에 사로잡혀 있을 때가 많기 때문이다.

　암울한 현실을 받아들인 쇼펜하우어, 죽음에 다가갈수록 자신을 되돌아본 리스트를 통해 12월 겨울을 무작정 축제의 들뜬 분위기에 휩싸여 가장 중요한, 한 해를 돌아볼 수 있는 지금, 이 시간을 놓치는 실수가 없길 바란다.

  스승의 딸과 사랑에 빠졌던 작곡가. 우리가 슈만(Robert Schumann) 하면 떠오르는 흔한 이미지이다. 그럼에도 불구하고 그의 삶을 자세히 살펴보면 그는 사랑과는 거리가 먼, 삶의 균형을 잃어가는 인생을 살았던 작곡가이자, 동시에 우리와 같은 평범한 인간이었다. 사랑하는 사람을 위해 자신의 스승과 등을 돌릴 수밖에 없었던 작곡가였다. 넉넉지 않은 형편으로 한 가정을 지켜야 한다는 부담감. 자신이 맡은 자리에서 만나게 되는 사람들과 불화, 더 나아가 점차 악화되는 정신이상 증세에 목숨을 끊을 생각까지 한 그이다.
  섬세한 성격에 문학을 가까이 한 그에게 이런 불행은 가뜩이나 어두운 성격에 암울한 그림자를 더욱 짙게 만들었다. 하지만 과연 자신에게 불행한 일들만 있다고 모든 사람들이 한없이 어두운 그림자를 드리워 살아갈까? 그리고 과연 그에게 이겨낼 수 있는 해결책은 없었을까?

  왜 슈만은 자신의 삶에 불안함을 느껴 정신이상 증세를 보이게 되었을까? 18세기 독일, 당시 사람들의 인기를 한 몸에 받았던 철학자 '칸트와 헤겔은 사람이라면 이성을 통해 옳고 바른 일을 해야 한다' 고 생각했다. 인간의 삶은 올바른 길로 향해야만 가치 있다고 볼 수 있고 틀에 박힌 질서 안에서 행동을 해야만 제대로 된 인간이라고 주장했던 것이다.

그들이 인간의 마음을 흔들 수 있는 음악을 멀리하려 한 것도 어느 정도 이해할 만하다. 물론 독일 최고 철학자라 불리는 칸트, 헤겔의 이념을 일부러 부정적으로 바라보려는 의도는 없다. 하지만 지금의 나와 같은 생각이 그 당시 어떤 철학자에게는 터무니없지 않았을 것이다. 독일 최고의 철학자라 불리는 쇼펜하우어도 나와 같은 생각이었다.

'세상이 꼭 꿈과 희망이 가득해야만 할까? 인간은 꼭 가치 있고 대단한 삶을 살아야 할까?' 쇼펜하우어가 의문을 갖기 시작했다. 그는 암울한 현실에 어울리지 않는 칸트와 헤겔의 허무맹랑한 이론을 가지고 헛된 희망을 바라지 않았다. 비관적인 현실을 받아들이고 보이는 암울한 표면 안의 본질, 즉 그가 말하는 '의지'를 찾아내길 바랐다.

'의지'를 찾아내 이를 받아들인다면 고통에 몸부림치며 사는 사람들은 조금이나마 안도와 위로의 손길을 느낄 수 있을 것이라고 보았다. 아버지, 어머니, 그리고 헤겔의 그늘에 가려 빛을 보지 못했던 쇼펜하우어가 손에 잡히지 않는, 말로는 그럴싸한 이론을 받아들이기는 쉽지 않아 보인다. 삶은 누구에게나 고통이며 그 고통을 주는 '의지'를 찾아내야 한다. 고통이 수반되는 삶은 일반적인 우리의 삶이며 '의지'는 우리가 살아가야 하는 삶의 방향을 제시한다. 즉, 그에게 있어 '의지'를 찾지 않은 일시적인 치료는 고통의 본질을 찾아 낼 수 없다고 본 것이다.

극단적인 생각에 자살까지 생각하게 된 사람들에게 쇼펜하우어의 이론을 제시한다면 암울한 세상을 받아들이고 그것으로부터의 탈출구를 찾을 수 있지 않을까. 여기서 다시 슈만을 생각해 보고 싶다. 슈만이 태어나기 전부터 칸트와 헤겔의 이론이 중심에 있던 독일에서 그는 당연히 착하고 바르게 살아야 한다는 부담감을 안고 있었을 것이다.

슈만에게 평생 외롭게 살면서 '삶은 고통이다'라고 외쳤던 쇼펜하우어를 소개해 주었다면 그는 자살이라는 극단적인 선택을 하지 않았을 것이다. 슈만은 생각하지 못했다. 오직 우리 자신만이, 그리고 우리 '의지'만이 암울한 세상으로부터 스스로를 지켜낼 수 있다는 것을, 더 나아가 자신을 되돌아볼 수 있는 성찰의 시간이 필요했음을 생각하지 못했다.

우린 때때로 생각의 전환이 필요하다. 자신의 과거를 되돌아볼 수 있도록, 그리고 말년의 리스트처럼... 음악을 전공하는 우리에게 프란츠 리스트는 어떻게 하면 기교의 대가인 파가니니처럼 화려한 기교를 뽐낼 수 있을지 고민하는 낭만주의 작곡가들 중 한 명으로 알려져 있다.

술과 담배를 좋아하고 여인들과 염문설이 끊이지 않았던 화려한 쇼맨십을 보인 작곡가가 75년의 긴 생애 동안 셀 수 없을 정도로 성직자가 되겠다고 수도원을 찾아갔다니.. 얼마나 놀라운 사실인가.

그는 그의 75년 생애 동안 성찰을 통한 깨달음을 게을리하지 않았던 것이다. 자신이 가졌던 재능의 남용이 가져온 결과에 대한 깨달음, 음악이 진리를 통한 진정한 예술이길 바라는 마음, 명성과 부를 얻었지만 자신의 회의적인 삶에 대한 성찰, 자신의 삶을 뒤돌아보지 못하고 암울한 과거와 회의적인 미래에 사로잡혀 답답한 상자 안에 자신을 가두었다면 정신 이상을 보이며 46세의 젊은 나이에 세상을 떠난 슈만과 비슷한 인생을 보냈을 것이라 조심스레 짐작해 본다.

그렇다고 슈만의 인생이 리스트에 비해 암울했다고 이야기할 순 없다. 하지만 젊은 나이에 요절한 다른 작곡가들에 비해 심한 우울증이나 삶을 끝내려고 하는 비극적 결말을 보이지 않았다는 건 분명 우리에게 어떤 확실한 메시지를 전달해 주고 있다.

한 해의 마지막 순간을 소중한 사람들과 함께 하고 싶은 마음은 당연하다. 하지만 축제로 가득한 이 시기, 한 해 동안 힘들고 행복했던 순간들을 조용히 한 번 되돌아보길 바란다.

빛이 안 보일 것 같은 암울한 순간이라도 쇼펜하우어처럼 현실을 그대로 받아들이고 리스트처럼 깨달음과 성찰의 시간을 갖는다면 건강한 정신과 함께 건강한 삶을 살 수 있을 것이다. 건강한 정신과 건강한 삶을 위한 깨달음과 성찰의 시간, 이것은 지금 우리에게 건강한 다음해를 위해 꼭 필요해 보인다.

7) 새해, 내면의 중심이 필요한 이유

2018년, 올해 꼭 이루고 싶은 나의 소망은 무엇인가. 2017년의 한 해를 정리하고 2018년의 새해를 시작하는 지금, 밝은 미래를 원하는 우리 모두 이 질문을 한 번쯤은 떠올렸을 것이다. 새로운 시작과 새로운 마음가짐을 통한 새로운 목표. 우리는 새로운 목표를 세우며 2018년의 첫 단추를 꿰고 노력이 오랫동안 지속될 수 있기를 굳은 다짐을 한다.

2월에 다다른 지금, 갖은 유혹을 이겨내며 자신의 목표에 도달하기 위해 얼마나 노력하고 있을까. 작심삼일. 매 새해, TV를 켜면 이 사자성어가 자주 등장한다. 목표를 이루고자 하는 우리 내면의 중심이 사라지기에, 목표 설정과 이를 통한 변화 추구는 인간의 기본적 욕구이자 자기 발전을 위한 발판이다.

하지만, 인간의 기본적 욕구가 시도조차 되지 않는 사람들, 그리고 목표는 세웠지만 오랫동안 지속되지 않는 사람들이 있다. 그들 모두 내면의 중심을 상실하고 있기 때문이라 조심스럽게 생각해 본다. 새로운 한 해를 시작하는 지금, 내면의 중심을 단단히 다지기 위해, 20세기 초반 당시 주변 사람들에게 온갖 야유를 받았지만 이에 굴하지 않고 새로운 시도를 한 드뷔시와 쇼펜하우어를 살펴보려 한다.

올해 서거 100주년을 맞는 프랑스의 대표적인 작곡가 드뷔시. 프랑스의 대표적인 작곡가라 하니 당연히 우리는 그가 흔히 말하는 모범생이리라 짐작할 것이다. 하지만 그는 정형화된 형식과 규칙에 구애받는 것을 그 누구보다 싫어했다. 모범생과는 거리가 먼 문제아였던 것이다.

그럼에도 불구하고 우리가 그를 문제아가 아닌 창의성이 풍부한 작곡가라고 지칭할 수 있는 것은 무엇보다 그는 자신을 믿었고 내면의 중심을 가졌다는 사실이다. 낭만주의 시대 대표적인 철학자 쇼펜하우어도 마찬가지였다. 당시 독일에서 최고의 인기를 누리고 있던 헤겔에 밀려 명함조차 내밀지 못했음에도 불구하고 그가 할 수 있었던 것은 자신의 철학을 끝까지 주장하는 끈기와 집념뿐이었다.

내면의 중심을 갖고 고집스럽게, 그리고 끈기 있게 밀고 나간 드뷔시와 쇼펜하우어. 목표에 대한 집념이 필요한 2018년의 시작인 지금, 그들의 삶을 통해 우리가 가져야 하는 집념과 끈기를 간접적으로 경험해보는 건 어떨까?

우리에게 프랑스를 대표하는 작곡가라고 알려진 드뷔시는 11살의 나이로 파리음악원의 입학한 후 2번이나 로마대상에 이름을 올린 작곡가였다. 로마대상이라 함은 당시 프랑스에서 최고의 인기를 누리는 작곡가에게 주어지는 상이었다. 그는 그만큼 관객들에게 인기가 있었다.

관객들이 원하는 음악을 작곡해서 인기가 많았을까? 아니다. 드뷔시에 대해 조금 더 깊게 공부한 사람이라면 그는 당시 유행하던 정형화된 작곡기법을 그 누구보다 싫어했던 사람이었다. 복잡한 감정의 표현을 중요시했던 그 당시 작곡 스타일을 버리고 아름다움의 순간적 이미지를 작품 안에 투영하고자 하였다. 그의 선택의 결과였던 불협화음을 당시 청중은 물론 심지어 그의 선생들조차 이해하지 못했다.

그럼에도 불구하고 그는 자신의 신념을 굽히지 않았다. 무대에 올라 이해할 수 없는 화음 덩어리들과 두 음을 빠르게 반복하여 움직이는 트릴을 동시에 연주한 드뷔시를 보고 교수가 바로 중단시킨 사건을 소개하고자 한다. '불협화음을 왜 해결하지 않나?'라고 질문을 한 교수에게 '제 맘이에요'라는 대답을 한 유명한 일화이다.

그러한 그의 고집을 주변 사람들은 말렸지만 그는 스스로 믿었다. 닫힌 세계에서는 이해될 수 없겠지만 열린 세계에서는 빛날 것임을. 그의 믿음에 따라 자신의 삶을 그려 나갔던 것이다.

철학사에서 시대의 라이벌이라고 불리는 '헤겔과 쇼펜하우어'.

정-반-합이라는 변증법적인 사고로 이성적 판단을 추구한 헤겔은 독일의 여러 대학에서 학생들을 가르치는, 동시에 인기 많은 교수로 유명했다. 인간의 사고, 즉 생각을 중요시하게 본 이 시대에 헤겔의 변증법적 사고는 당연히 누구나 좋아할 만한 이론이었다.

반면 염세주의자였던 쇼펜하우어를 좋아했던 사람은 손에 꼽힐 정도였다. 그 당시 헤겔이 교수로 있던 학교에 쇼펜하우어의 수업이 열렸다고 한다. 과연 얼마나 많은 학생들이 그의 수업을 듣고자 했을까 짐작할 수 있다. 당연히 수강신청자가 워낙 적어 그의 수업은 폐강이 되었다. 그들은 현실을 부정적이고 회의적으로 본 쇼펜하우어를 인정하고 싶지 않았다. 그럼에도 불구하고 그는 진실 추구의 의지를 멈추지 않았다. 그가 생각한 현실세계에서의 불안함, 왜 불안할 수밖에 없는지 그 이유를 계속 찾고자 했다. 누군가는 당시 헤겔의 인기에 밀려 빛을 보지 못한 쇼펜하우어의 일방적인 라이벌 의식이라고 이야기할 것이다.

쇼펜하우어의 일방적인 라이벌 의식이었든 아니었든 그의 믿음과 집념은 지금 우리에게 꼭 필요해 보인다. 불안한 삶을 그대로 받아들이라는 그가 있기에 그럭저럭 살아가고 있는 것이다.

우리는 항상 목표를 세우고 이를 위해 노력한다. 그 노력의 기간은 사람마다 다르다. 그 기간은 누군가는 하루, 누군가는 몇 달 이상 될 것이다. 아무것도 시작하지 않는 이들보다 낫다고 할 수도 있다.

하지만, 그들 대부분 목표에 대한 집념과 끈기를 오래도록 지속하지 못한다. 주변 사람들이 원하지 않았음에도 끝까지 이루고자 하는 집념으로 한 걸음 한 걸음 걸어 나간 드뷔시와 쇼펜하우어를 통해 2018년의 시작을 힘차게, 그리고 끈기 있게 나아가길 바란다. 그리고 본인이 추구하고자 하는 바를 끝까지 추구했다는 성취감을 느끼는 2018년의 12월을 맞이하기를…

8) 슈베르트의 기다림

　치열한 경쟁 사회 속, 성공을 위해 시간에 쫓기며 급박하게 하루하루를 보내는 사람들이 많다. '사람 수에 비해 들어갈 수 있는 문이 좁다'라는 현실은 물론 이해가 된다. 그렇기 때문에 지금 모든 사람들이 자신의 목표를 위해 정신없이 살고 있는 것 또한 이해된다. 하지만 그렇다고 시간에 쫓기며 자신을 뒤돌아보지 않고 앞으로 정진만 해야 할까? 앞만 보고 달린다고 우리가 생각하는 성공이란 것을 할 수 있을까?

　누구보다 열심히 살아가고 있지만 빛을 보지 못하는 사람들에게 이야기해주고 싶은 철학자와 작곡가가 있다. 동양 철학의 중심이라 불리는 '공자'와 고전주의 시대와 낭만주의 시대를 연결해 주는 '슈베르트'다. 사실 그들은 생전에 지금 우리가 생각하는 만큼 세속적인 기준으로 성공적인 삶을 살지는 못했다.

공자와 슈베르트 모두 자신이 널리 알려지기를 원했지만 아무도 그들의 이론과 곡을 원하지 않았던 것이다. 그럼에도 불구하고 2000년이 지난 공자의 사상을, 그리고 200년 이상 된 슈베르트의 곡을 지금 우리가 즐겨 생각하고 감상하는 이유가 무엇일까. 그들의 삶과 그들이 생각했던 이론들을 통해 이유를 함께 생각해보자.

동양 철학 역사에 있어서 공자는 빼놓을 수 없는 최고의 철학자이다. 우리 주변에서 그의 명언을 한 번도 듣지 못한 사람은 없을 것이다. 현재 우리에게 가깝게 다가와 있는 공자는 당시 그가 살았던 시대에는 지금처럼 환영받지 못했던 철학자였다.

그 당시 공자는 올곧게 인생을 살아가려고 하는 동시에 누군가 자신을 찾기 바라며 매일 기다림의 시간을 보냈다. 처음에는 벼슬길에 오르려는 기대감을 가지고 자신을 등용시켜 줄 군주를 하염없이 기다렸다.

그럼에도 불구하고 그 누구도 그를 찾지 않았다. 시대를 잘못 만났던 것일까? 10년 이상 지속된 기다림을 끝내고 그는 학문으로 눈을 돌렸다. 지금 우리가 '공자' 하면 떠올리는 이론들을 그 당시 쏟아냈다. 그는 70년 그의 생애 동안 배움을 게을리하지 않았다. 누구에게든 배울 것이 있다면 어떤 방법을 써서라도 그 배움을 이어 나갔다. 자신이 욕심냈던 벼슬길에 오르지 못했지만 이를 애통해하기보다 자신의 신념과 이론이 제자들에게 전달될 수 있도록 최선을 다했다.

그의 바람은 결국 이루어졌다. 그의 제자만이 아니라 2000년이 지난 지금의 우리에게까지 공자의 사상은 영향을 미치고 있다. 공자가 살았던 시대에 소위 말하는 성공을 하지 못했다고 감히 '공자'의 삶을 우리가 비하할 수 있을까. 비하는커녕 오히려 최고의 철학자라고 칭하고 있다.

　공자와 같이 '기다림'의 철학을 경험한 작곡가가 있다. 그는 바로 고전주의 시대와 낭만주의 시대를 연결해 주었던 슈베르트. 슈베르트의 곡을 즐겨 듣고 연주하는 지금, 그에게 있어 '기다림'이라니, 이해하기 힘든 사람들이 많을 것이다. 소장하는 피아노조차 없을 정도로 생계를 잇기 힘들었던 슈베르트는 질병을 평생 안고 살며 결혼도 하지 못한 채 외로운 생활을 이어갔다.

　누군가 자신을 알아봐 주길 바랐다. 자신을 알아주지 못하더라도 자신의 곡을 사람들이 들어주길 간절히 바라며 또 바랐다. 31세의 짧은 생애를 보냈던 슈베르트는 그 기다림의 시간 동안 자신이 느꼈던 심정을 음악으로 표현하고자 하였다. 이 때문에 우리는 그 기다림을 곡 안에서 볼 수 있는 것이다. 그럼 그는 그의 심정을 어떻게 표현하였을까? 슈베르트가 작곡한 21개의 피아노 소나타 중 특히 마지막 3개 소나타에 그의 심정이 고스란히 드러난다.

　이 피아노 소나타를 감상해 본 사람이라면 한 번쯤은 느꼈을 것이다. 그의 멜로디는 굉장히 아름답지만 음악 안에 추진력이 느껴지지 않고 계속 반복하는 것만 같다. 그의 곡을 감상할 때 우리가 이렇게 느끼는 이유는 그의 삶과 연관시켜볼 수 있다. 그의 삶은 고통으로 가득했다. 그는 고통을 이겨내는 방법으로 돌파구를 찾으려 애쓰지 않고 기다림을 선택했다.

그 결과는 그의 생애 동안 실패라고 여겨졌다. 주변 사람들은 그에게 실패자라고 칭했지만 그는 그가 겪었던 고통과 고난을 이겨내며 생의 마지막을 편안하게 맞이하고자 하였다. 기다림의 끝을 좌절하며 고통스러워하지 않았다.

31년 생애 동안 느꼈던 좌절감을 받아들이며 기다림을 통해 진정한 행복을 누리려 했다. 그의 전부였던 음악을 통해서... 음악 때문에 고통스러웠지만 결국 그의 전부였던 음악으로 극복해냈던 것이다. 생애 동안 아무도 그를 알지 못했지만 서거 10년 후 슈베르트를 누구보다 존경했던 리스트에 의해 그의 이름은 널리 알려지기 시작했다. '가장 고통이 가득한 상황에서 쓰인 예술만이 가장 큰 감동을 줄 수 있다.' 비록 그는 세상에 없지만 결국 후대에 빛을 발하였다.

누구나 고통스러운 상황을 맞이하면 그 상황에서 벗어나길 바란다. 그리고 누구나 자신의 성공을 위해 어떤 노력도 마다하지 않는다. 치열한 경쟁 속, 빠르게 변해가는 세상에서 당연한 현상이다.

하지만 이 상황에서 실패를 거듭한다면 어떤 이는 포기라는 결정을 내릴 것이다. 포기하기 전에 한 가지만 떠올려 보길 바란다. '기다림'이라는 것을 통해 이겨 나간 공자와 슈베르트를.

9) 천재의 양면성

얼마 전, 모 TV에서 소위 천재라 불리는 어린아이들과 그들의 부모들을 다루는 프로그램이 있었다. 누구는 여러 나라의 언어를 말할 수 있는 천재였고, 누구는 상장만 무려 80개가 넘는 천재였다. 그들의 부모들은 자식들이 왜 천재인지에 대해 열변을 토했다. 한없이 행복해하면서 말이다.

하지만 그 모습을 바라보는 어린아이들의 눈이 나에게는 행복해 보이지 않았다. 부모들의 눈에는 빛이, 그리고 아이들의 눈에는 어둠이 느껴지는 것이 참 아이러니했다. 동시에 천재란 무엇일까 하는 의문이 들었다. 천재란 무엇이길래 아이들이 불행해지고 있음에도 불구하고 그들의 부모들은 천재에 저리 흥분을 할까? 천재의 정의, 동시에 천재의 모습을 찾아보고 싶다.

어떤 사람들을 천재라 할 수 있을까? 천재적 재능이란 신이 부여한 것처럼 타고난 것일까, 아니면 학습 가능한 것일까? 그들의 음악을 들었을 때 전율을 느낀다면 그들을 천재라 칭할 수 있을까? 해석은 다양하다. 아리스토텔레스는 학습 가능하다고 보았다. 후천적으로 노력한다면 누구나 천재가 될 수 있다고 믿었던 것이다. 더 나아가 인간이라면 보편적 이성을 지니고 있고 그 이성을 통해 판단해야 한다고 생각한 칸트도 천재를 언급했다.

하지만 그는 아리스토텔레스와 다르게 천재의 능력은 태어나기 전부터 자연에게 부여받은 것이라 생각했다. 또한 그들은 어떤 것도 모방하지 않은 독창적인 창작물을 생산해 내며 동시에 다른 사람들에게 모범이 되어야 한다고 주장했다.

그가 생각한 천재 작곡가는 누가 있을지 짐작해보자. 베토벤이 활동했던 고전주의 시대는 음악의 내용, 이야기, 표제와 같은 음악 외적인 부분에 관심을 두지 않았다. 음악 자체를 중요시했다. 하지만 베토벤은 그의 피아노 소나타에 '비창'과 '고별'이라는 표제를 덧붙였다. 당시 작곡가에 의해 시도되지 않았던 최초의 시도였던 것이다. 그의 곡이 사회적으로도 혼란을 주지 않는 모범적인 곡이었기에 칸트가 생각한 천재에 정확하게 부합하는 인물이었다.

천재에 대해 언급한 시대는 고전주의 시대에만 있었던 것은 아니다. 낭만주의가 팽배해 있던 19세기는 천재 예술가의 전성기였다. 이 시대는 고전주의 시대와는 다르게 어느 곳에 종속되어 있지 않은 독립된 개인의 주관성이 중요했다. 어떤 방법이 되었던 사람들에게 영감을 주고 사람들을 사로잡을 수만 있다면 그들을 천재라고 칭했다.

당시 화려한 쇼맨십과 기교를 과감하게 표출한 작곡가 리스트는 천재라는 소리를 들으며 승승장구했다. 다른 사람들은 감히 할 수 없는 피아노 기교를 보여줌으로써 청중들을 단숨에 사로잡았다. 이런 화려한 천재의 모습 이면에 당시 사회적 현실을 받아들이지 못한 천재들의 모습도 볼 수 있다.

슈만은 그 당시 사회적 환경에 적응하지 못해 우울증까지 앓았던 작곡가로 여겨지고 있다. 청중들을 사로잡아야 한다는 생각에 극단적인 감정을 표출하려다 우울함에 빠지게 된 것은 아닐까. 이렇듯 천재들의 얼굴은 다양하다.

물론 리스트와 슈만이 사회와 청중이 원하는 천재의 모습으로 살아가려 했다는 것은 아니다. 하지만 청중들의 환호와 갈채를 받기 위해 화려한 쇼맨십을 보여준 리스트와 다양한 감정표현을 그의 곡 안에 흡수하려다 극단적 감정에 빠진 슈만을 그 당시 사람들은 분명 천재라고 불렀다.

나와 같은 의문을 품었던 사람이 있다. 사회학자 엘리아스는 모차르트의 음악은 타고난 천재에 의한 것이기보다 밝은 음악을 원했던 그 당시 수요에 따른 모차르트의 반발심이라고 보았다. 사회가 원하든 사회에 대한 반발심이든, 천재 작곡가들은 다양한 얼굴을 하고 있다.

들어갈 수 있는 문의 크기보다 들어가고자 하는 사람들이 터무니없이 많기에 그에 따른 경쟁은 당연히 피할 수 없다. 상상을 초월하는 경쟁에 살아남기 위해 자기 자신과 그들의 자식들이 천재가 되기를 간절히 바라곤 한다.

하지만 천재란 무엇인지 다시 한번 생각해 보고 싶다. 천재는 학습 가능한지 타고난 것인지. 또는 사회가 만든 것인지. 다양한 얼굴을 하고 있는 천재에 목을 맬 필요는 없다고 조심스럽게 생각해 본다. 그렇다면 굳이 남이 정한 좁은 문에 남들보다 먼저 들어갈 수 있는, 남보다 앞서는, 남들이 말하는 천재가 아니라 자신의 세계에서 자신의 마음과 뜻을 펼칠 수 있는 재능을 발휘할 기회를 찾길 바란다.

10) 나를 사랑하는 삶

연주를 준비하고 무대에 설 때 즐겁고 행복하다고 이야기하는 연주자들은 극히 드물 것이다. 러시아 최고의 피아니스트라 꼽히는 호로비츠조차 무대가 두려워 오랜 시간 동안 무대를 떠나 있었다. 무대가 두려운 이유는 다양하다. 처음 경험하게 되는 생소한 무대, 또는 예상치 못한 관객들의 반응 때문이거나, 더 나아가 나의 연주를 누군가 집중해서 보는 게 부끄럽거나 두려워서 일지도 모르고 나의 연주를 남들이 평가한다는 것이 부담으로 느껴져서 일 수도 있다.

남들의 시선, 이로 인해 연주자들은 무대공포증을 겪고, 어떤 사람들은 대인공포증까지 겪는다. 처음 보는 낯선 사람들 앞에서 자연스럽게 연주를 하고 이야기를 할 수 있는 사람은 그리 많지 않을 것이다. 대부분 사람들은 불안함이나 두려움을 느낀다. 이는 처음 보는 낯선 이들에게 자신의 실수를 보여주고 싶지 않은 마음 때문일 것이라 짐작한다.

　지금 우리에게 19세기 독일 철학자의 양대 산맥을 꼽으라고 하면
헤겔과 쇼펜하우어를 꼽을 것이다. 21세기를 살고 있는 우리는 그
당시 쇼펜하우어가 큰 인기를 누렸을 것으로 짐작하나 사실은 정반
대였다. 그 누구보다 큰 명성과 성공을 누렸던 헤겔과 달리 쇼펜하
우어는 헤겔의 그늘에서 평생 벗어나지 못했다.

　헤겔의 수업을 듣기 위해 몰렸던 그 많은 학생들이 쇼펜하우어의
수업은 완전히 외면했다. 헤겔과 쇼펜하우어가 살았을 당시 쇼펜하
우어는 사람들의 공감을 일으키지 못해서였을까? 그럼에도 불구하
고 지금의 우리는 헤겔의 이론적인 해석보다 쇼펜하우어의 현실적
인 해석에 더 큰 공감을 느낀다. 그 이유는 간단하다. 우리는 주변
사람들에게 인정받고 싶고 동시에 사랑받고 싶어 하는 마음, 즉 욕
구를 가지고 있다. 사람들과 관계에 있어서 불안함과 두려움은 사랑
받고 싶은 욕구에서 시작된다. 인정을 못 받을 것 같은 불안함에, 그
리고 사랑을 못 받을 것 같은 두려움에 사로잡히게 된다.

　우리가 느끼는 불안함과 두려움은 타인들이 우리를 어떻게 평가
할 지에 대한 감정에서 오는 것이라고 쇼펜하우어는 설명했다. 오직
그들에게 잘 보여야 한다는 욕구 때문이란다. 쇼펜하우어는 자연스
러운 인간 본연의 모습은 단지 홀로 지낼 때 가능하다고 보았다. 혼
자만의 시간, 즉 고독을 즐기지 않는다면 자신의 자유로움을 즐기지
않는 것이라 생각했다. 그는 우리가 혼자일 때 오로지 온전하고 자

유로울 수 있다고 믿었다.

여기서 한 작곡가가 떠오른다. 만약 우울증에 빠져 있던 러시아의 작곡가 라흐마니노프가 쇼펜하우어를 만났다면 조금이나마 우울함에서 자유로워지지 않았을까. 부유한 귀족 집안에서 부족함 없이 살았던, 게다가 누구보다 뛰어난 피아노 연주 기교를 지녔던 라흐마니노프가 우울증이라니, 아이러니하지 않을 수 없다.

그 당시 그를 뛰어넘는 피아니스트가 없었고, 작곡하는 것마다 성공 가도를 달렸다. 하지만, 평생 성공만 할 것 같았던 22살 청년에게 큰 시련이 닥쳤다. 온 힘을 쏟았던 교향곡 1번이 세상에게 외면받았던 것이다. 온갖 혹평과 야유가 쏟아졌다. 실패 이후, 그는 사람들을 피하기 시작했다. 심각한 우울증까지 빠지게 되었다. 그토록 사랑한 음악을 그만둘 것만 같았다.

정신과 의사였던 니콜라이 다알을 만나지 않았더라면 라흐마니노프의 최고 교향곡이라 꼽히는 2번은 만나지 못했을 것이다. 다알 박사는 그가 실패한 이후 겪고 있던 우울함을 이겨낼 수 있도록 모든 노력을 다했다. 결국 라흐마니노프가 이겨낼 수 있었던 건 그만이 가지고 있는 장점, 이를 통한 자존감의 회복과 음악에 대한 열정이었다.

자신에 대한 사랑이 더해지자 음악에 대한 열정이 높아졌던 것이다. 그 당시 작곡했던 교향곡 2번과 피아노 협주곡 2번이 최고의 호평을 받으며 엄청난 성공을 거두었다는 것을 보면 우울함과 불안함을 이겨낼 수 있는 최고의 방법은 자신을 사랑하는 것뿐이라고 짐작할 수 있다.

대인공포증, 즉 대인기피증이 생기게 되는 이유는 확실하게 설명되지 않는다. 하지만 한 가지 흥미로운 사실은 무대공포증을 가졌던 피아니스트가 자신의 연주에 확신을 갖게 되고 충분한 연주 준비가 되었을 때 무대공포증의 강도가 낮아졌다는 것이다.

대인기피증 또한 마찬가지다. 그들은 누구보다 많은 장점을 지니고 있지만, 남들 앞에 자신의 작은 단점이 도드라져 보일까 불안해한다. 자신의 장점과 아름다움을 잊고 살아간다. 부족함과 단점을 감추고 가리려 할수록 그 단점은 자신에게 더 커다란 짐으로 다가온다. 왜 남들이 원하는 모습으로 나 자신의 모습을 맞추려고 할까.

사실, 나와 가족 이외의 사람들은 나에 대해 그리 큰 관심을 갖고 있지 않다. 그리고 어느 누구나 단점은 가지고 있다. 나의 단점을 다른 사람들이 알게 될까 봐 두려울 수도 있다. 하지만 자신의 결점을 남이 알게 될까 봐 두려워만 말고 그대로 드러내 보는 건 어떨까. 그 순간 자신을 휩싸고 있던 두려움이 날아가는 소중한 순간을 경험해 보길 바란다.

11) 관계의 중요성

‘인간은 과연 혼자 살아가는 것일까? ´ 우리는 제자, 스승, 친구, 부부, 부모, 자매, 형제와의 관계 등등 주변 사람들과 다양한 관계를 맺으며 살아간다. 누구나 예외 없이 이러한 관계성을 맺으며 살아가고 있다. 관계를 통해 맺어진 사람들과 긍정적인 상호작용을 이루기도 하지만 그들과의 관계를 단절하게 되는 부정적인 결과가 초래되기도 한다. 주변 사람들과 관계의 어려움을 경험한 어떤 이들은 ‘삶은 혼자다.’라는 말과 함께 혼자만의 세계로 빠져들어 간다. 과연 사람들과 관계를 단절하고 살아간다면 그들은 행복해질 수 있을까.

‘관계’에서 꼭 필요한 방법
어느 미국 드라마의 한 장면이 떠오른다. 범죄를 저지른 후 교도소에 있는 수감자가 독방에서 지내게 되자 원치 않는다며 오열하는 장면이다. 사회에 적응하지 못하고 교도소에서 삶을 보내던 수감자조차 가장 두려워했던 것은 아무도 없이 혼자 시간을 보내는 것이었다.

당장은 혼자만의 시간이 행복할 수 있겠지만 결국 사람들과 관계를 단절하고 혼자 살아가는 것은 인간에게 있어 큰 두려움인 것이다. 그렇다면 사람들과의 관계성이 우리에게 얼마나 중요할까? 그리고 어떻게 우리는 그 관계를 유지해 나가야 할까?.

대학생 시절, 흥미로운 책 하나를 읽었다. 그것은 5권으로 이루어진 베르나르 베르베르의 '개미'라는 책이었고, 그 당시 베스트셀러에 오랫동안 올라 있었다. 하지만 처음 이 책을 접했을 때, 나는 사실 책의 내용이 현실세계와 동떨어진 이야기였기에 쉽게 집중하기 어려웠다.

하지만 한 권만 다 읽어보자는 마음으로 인내심을 갖고 다시 읽어 내려갔다. 여전히 현실감이 느껴지지 않는 판타지 소설이었지만 점차 인간 수준의 지능을 가진 개미들의 습성에 매료되어갔다. 그들은 그들끼리 수천 마리, 아니 수백만 마리의 집단을 만들어 그들만의 세계를 운영해 나간다.

한 마리가 동떨어져 있다면 그 한 마리는 혼자 살아갈 수 없다. 집단에 속해 다른 개미들과 함께 생활해 나가지 못하기 때문이다. 이렇듯 개미들은 개인생활보다 집단생활의 힘이 필수적인 것이다.

소설 속 등장하는 개미들과 같이 인간도 마찬가지다. 우리는 인간

관계에서 상처를 받지만 혼자서 살아갈 수 없다. 거대한 문명을 만들어가며 지금까지 유지해온 우리의 삶을 봐도 알 수 있다. 개미나 인간 사회에서 '관계'라는 것이 꼭 필요하다면 우리는 어떻게 그 관계를 유지해 나가야 할까? 그 비결은 구성원들과의 '소통'일 것이라 짐작한다. 우리와 우리 이외의 남들과 서로의 의사를 주고받는 것, 인간만이 가능한 언어와 몸짓으로 서로 맞추어가며 소통하는 것이야말로 '관계'에 있어서 꼭 필요한 방법인 듯하다.

사람들과의 관계성은 필수 불가결한 것

2018년을 살아가는 지금, 우리는 '왜 인간은 혼자 살아가지 못하고 다른 사람들과의 관계를 통해 살아가는 걸까?'라는 질문을 하곤 한다. 이러한 질문은 언제부터 시작되었을까? 고대 그리스 시대 대표적 철학자인 아리스토텔레스 또한 우리와 같은 질문을 던졌다. 그의 대답은 간단명료했다. '인간은 사회적 동물이기 때문이다.'

그는 '인간은 태어나면서부터 사회성을 지닌다.'라고 생각했다. 인간은 부모와 자식이라는 가족의 한 일원으로 태어나고, 태어나자마자 수십 명의 친척들이 자연스레 생기게 된다. 즉, 본인의 의지와 상관없이 여러 사람들과의 관계 속에 들어가게 되는 것이다.

이처럼 그는 사람들과의 관계성은 필수 불가결한 것이라고 설명했다. 피할 수 없다면, 어떻게 사람들과 긍정적 관계를 맺으며 살아갈 수 있을까? 아리스토텔레스는 그 정답을 '소통'에서 찾았다. 그가 이야기 한 소통의 방법은 3가지를 충족해야 한다.

첫 번째로 말하는 사람의 인품, 다음으로 듣는 사람과의 공감대, 마지막으로 논리적 근거와 같은 타당성을 꼽았다. 이는 곧 자신을 잘 다듬고 다른 사람들의 감정을 잘 헤아리며 상황에 어울리는 대화가 필요하다는 것으로 짐작된다. 아리스토텔레스가 이야기한 소통의 3가지 방법을 기억한다면 조금이나마 다른 사람들과 긍정적 관계를 유지할 수 있을 것으로 생각한다.

이름만 들어도 알 수 있는 작곡가들 대부분 주변 사람들과의 교류가 원만하지 않았다. 일명 클래식 음악의 천재라고 일컬어지는 모차르트, 슈만, 쇼팽은 그들만의 세계에 고립되어 작곡활동을 이어나갔다.

하지만 그들의 내면은 사회와의 대화를 간절히 원했다. 다른 사람들과 적극적으로 관계를 이어나가지 못하는 성격에도 불구하고 그들만의 고립된 세상에서 온 힘을 다해 그들이 작곡한 곡으로 다른 사람들과의 교류를 위해 끊임없이 노력했다.

우울증까지 앓으며 다른 사람들과 원만한 관계를 이어나갈 수 없었던 슈만이 당시 사람들에게 그의 곡이 인기 있었던 이유는 본인의 곡을 통해 그들과 대화를 나누려 했던 노력 때문이었을 것이다. 슈만이 곡 안에 자신 내면의 다양함을 표현하려 오이제비우스, 플로레스탄과 같은 성격을 사용한 것을 보아도 알 수 있듯 사람들이 궁금해하는 '자신이 왜 그럴 수밖에 없는지...'에 대한 대답을 그의 곡을 통해 보여주려 하였다.

본인의 소극적인 성격을 이해하고, 다른 사람들과의 대화를 위해 노력하고, 더 나아가 대화를 위해 자신의 곡을 이용한 슈만. 소극적인 성격으로 인해 다른 사람들과 대화를 직접적으로 할 수 없었고, 대신 간접적으로 그의 곡을 통해 시도를 한 슈만과 달리 리스트는 적극적인 성격으로 사람들과의 관계를 이어나갔다. 하지만 인기를 더 얻기 위해 화려한 퍼포먼스와 작곡기법을 활용한 리스트 역시 슈만과 같이 사람들과 소통하고 싶은 속마음이 있었을 것이라 짐작한다.

　사람은 주변 사람들과 태어나면서부터 관계를 맺게 된다. 관계의 시작은 가정이지만 이는 점차 사회로 뻗어나간다. 복잡해지는 사람들과의 관계 속에서 우리는 즐거울 때도 있지만 그 관계에서 벗어나고픈 생각마저 들 때가 많다.

　그렇다고 혼자 고립되어 살아가야 할까? 혼자 살아간다면 행복한 일들만 가득할까? 전혀 그렇지 않다. 우리가 고민하듯 고대 그리스 시대 철학자 아리스토텔레스 또한 인간관계의 중요성에 대해 고민했다. 혼자 살아갈 수 없다면 조화롭게 살아갈 수 있는 방법을 찾길 바랐다. 또한 혼자 고립될 수밖에 없었던 천재 작곡가들도 다른 사람들과의 관계를 위해 노력했다.

　물론 현재 인간관계의 어려움을 겪고 있는 사람들은 당연히 이해할 수 없겠지만 자신을 한 번 다시 돌아보고, 다른 사람들은 어떤 생각과 함께 살고 있으며, 그들과 관계를 맺으려면 어떻게 해야 할지

에 대해 아주 조금이라도 고민해본다면 인간관계에 있어 긍정적인
경험을 해볼 수 있지 않을까 조심스레 생각한다.

12) 있는 그대로의 아름다움

얼마 전, '노르웨이가 전하는 자연의 아름다움'에 대해 방영하는 프로그램을 접할 기회가 있었다. TV 속의 노르웨이는 인간이 만든 인위적인 모습이 아닌 자연이 전해주는 있는 그대로의 모습이었다. 관광객들이 많이 찾는 장소였지만 자연 그대로의 모습을 훼손하지 않고 보존해 나가는 그들을 보고 적지 않게 놀랐던 기억이 떠오른다.

동시에 우리나라 관광지가 떠올랐다. 사람들의 관심을 끌기 위해 화려한 외관을 뽐내며 자연이 주는 있는 그대로의 아름다움에서 급격히 변하는 모습, 더 나아가 관광지 주변으로 관광객들을 호객하려는 상점의 사람들... 물론 관광객들이 찾아와서 관광지가 흥행이 되어야 경제적 이득이 생길 것임이 분명하다. 누군가는 이 모습이 '아름답다'고 생각할 것이다.

하지만 나의 생각은 다르다. 사람들의 관심을 끌기 위해, 그리고 경제적 이득만을 위해 관광지, 즉 자연이 존재한다면 먼 미래에는 아름다운 자연 그대로의 모습마저 사라져 버릴 것이다. 자연의 있는 그대로의 모습을 유지하려고 노력하는 곳이야말로 사람들에게 오랫동안 사랑받는 진정한 아름다움의 장소일 것이다.

누구나 싱그러운 숲과 꽃을 보면 자연의 참된 '아름다움'을 느낀다. 어느 누구도 예외 없이 '아름답다'라는 말을 하며 감탄을 자아낼 것이다. 인간이 자연을 통해 아름다움을 느낀다는 건 '아름다움'이 우리의 삶과 깊은 연관이 있다는 의미이다. 아름다움의 어떠한 모습이 우리의 삶과 연관될까?

독일의 철학자 칸트와 헤겔은 이에 대한 답을 다르게 접근했다. 집 앞에 활짝 핀 꽃을 보고 대부분의 사람들은 '아름답다!'라고 이야기하지만 그 정도 차이와 느껴지는 감정은 모두 다르다. 칸트는 정도 차이와 느껴지는 감정은 사람마다 각기 다르지만 모든 사람에게 공통적으로 내재되어 있는 관념이 있다고 생각했다.

칸트에게 있어 '아름답다'라고 불리기 위해서는 우리의 보편타당한 인식능력 안에서 관찰하는 모습이 자연의 그대로의 모습처럼 보여야만 했다. 인간이 인위적으로 만들어내는 아름다움은 인정하지 않았다.

반면, 프랑스 혁명을 겪은 독일의 철학자 헤겔은 칸트와 정반대의 이론을 펼쳤다. 정-반-합이라는 변증법적인 사고로 인간이 도달할 수 있는 최고의 정신인 절대정신에 도달할 수 있다고 본 헤겔은 자연에는 이 절대정신이 깃들 수 없다고 생각했다. 자연이 주는 아름다움보다 인간이 만들어 낸 예술을 아름답다고 평가했지만 동시에 자연스럽지 않은 모습은 '아름답다'라고 평가하지 않았다.

같은 나라에 살며 비슷한 시기에 활동했던 두 철학자는 이렇듯 아름다움에 대해 정반대의 생각을 가졌다. 아름다움을 판단하는 것에 있어 누군가는 칸트의 의견에, 누군가는 헤겔의 의견에 동의할 것이다. 하지만 누구도 어느 것이 옳다고 판단할 수는 없다. 그럼에도 불구하고 그들을 통해 이야기하고 싶은 것은 자신에게 어울리지 않는 인위적인 모습은 절대 아름다울 수 없다는 것이다.

한때 자신에게 어울리지 않는 음악으로 관객들의 혹평이 이어져 슬럼프에 빠졌던 피아졸라가 있다. 탱고음악하면 바로 떠오르는 작곡가인 피아졸라가 관객들의 혹평이라니, 의아하지 않을 수 없다. 탱고 음악의 시작이라고 알려진 아르헨티나에서 태어난 피아졸라는 사실 어린 시절 탱고 음악보다 클래식 음악을 먼저 접했다.

히나스테라에게 작곡을 배우며 클래식 음악을 자신의 첫 작품으로 선택한 것을 보아도 그만큼 클래식 음악을 사랑했던 것으로 보인다. 그의 어린 시절은 이렇듯 클래식음악과 함께 했지만 점차 그의 고국인 아르헨티나의 탱고 음악에 빠져들기 시작했다.

하지만 얼마 지나지 않아 그는 클래식 음악과 탱고 음악 사이에 혼란스러움을 느꼈다. 결국 클래식 음악에 완전히 빠져들었고 자신의 평생 스승이 된 나디아 불랑제를 만나기 위해 프랑스 파리로 떠났다. 그가 작곡한 다양한 곡들을 그의 스승인 나디아 불랑제와 대중들이 처음 접했을 때 호평은커녕 혹독한 비평과 함께 평가 절하했다. 그럼에도 불구하고 그의 음악에서 특별한 점을 발견한 나디아 불랑제는 그에게 클래식 음악 외에 다른 음악을 작곡할 수 있는지 물었다.

클래식 음악을 최고의 음악이라고 믿었던 그는 탱고 음악을 부끄러워했다. 숨기려고 해도 숨겨질 수 없었던 탱고에 대한 재능을 알게 된 그녀는 그의 탱고음악을 듣고 이것이야말로 진정한 피아졸라의 것이라 찬사를 보내며 탱고 음악가의 길로 걸어가길 조언했다.

그녀의 조언 아래 다양한 작곡기법과 새로운 작곡스타일을 탱고음악에 응용함에 따라 그 당시 관객들에게 최고의 찬사를 받으며 승승장구했다. 만일 피아졸라가 그의 스승, 나디아 불랑제를 만나지 못했다면 자신이 가장 잘할 수 있는 탱고음악을 선택하지 않았을 것이고 동시에 지금의 우리는 그의 이름을 전혀 알지 못했을 것이다.

우리는 다양한 사람들과 함께 살아가면서 나 자신을 놓치고 살아가는 경우가 많다. 다른 사람들이 원하는 방향으로 나 자신을 만들어가려 한다. 자신만이 가진 아름다움을 놓치면서. 누구나 빛의 색은 다르지만 밝게 빛나는 보석을 하나씩 가지고 있다.

다른 누군가에 의해 자신만의 색을 가진 보석을 놓치고 인위적으로 만들어진 빛을 가지고 살아간다면 결국 자신에게 어울리지 않는 모습으로 살아가야 할 것이다. 자신만이 가진 장점으로 최고의 인기를 누린 피아졸라처럼 우리도 남들을 위한 길이 아닌 나만이 가진 장점으로 내가 원하는 길을 향해 가는 중심이 있는 사람이 되길 바란다.

13) 삶의 불안과 절망을 통한 깨달음

완전한 내면의 충족

2018년 여름, 작년에 이어 견디기 힘들 정도의 더운 날씨가 계속되고 있다. 낮과 밤 상관없이 기온은 치솟고 밖에서 몇 분조차 걷기힘들 정도로 무더위가 한창이다. 더위에 대한 불평이 가득할 즈음, 바로 어젯밤부터 가을을 알리는 바람이 불기 시작했다.

작년에 이어 올해까지 지속된 살인적인 더위를 경험하지 못했더라면 어젯밤 살랑거리며 불었던 바람에 감사하고 행복한 마음이 들었을까? 우리는 작은 것에 대한 소중함을 놓치고 살아가는 경우가 많다. 현재 가진 것보다 더 큰 선물을 받길 바란다. 물질적인 것이 손에 쥐어질수록 우리의 내면 또한 함께 풍족해지리라 생각이 들겠지만 으레 성공했다고 하는 사람들은 상반된 이야기를 풀어놓는다. 물질적인 것으로 절대 내면이 채워지지 않는다는 것이다.

그렇다면 그들이 생각한 내면의 충족은 어디에서 온 것일까? 그들은 불안과 절망이 가득했던 힘든 시기 속의 '작은 것에 대한 소중함'이라고 입을 모아 말한다. 그들과 같은 생각을 한 하이데거, 키에르케고르, 그리고 슈베르트는 불안과 절망이 가득한 삶에서 어떻게 그 감정을 받아들이고 이겨내야 한다고 이야기했을까.

인간의 죽음에 대해 고민한 하이데거

실존주의 철학자라고 알려진 하이데거는 인간의 죽음에 대해 깊이 고민하고 탐구하였다. 실존주의란 어떤 의미일지 추측하기조차 쉽지 않을 것이다. 힘든 삶을 사는 사람들에게 현실적이지 않은 이론적 해결방법만을 알려준다면 그들은 그 상황을 그대로 받아들이며 납득해 나갈 수 있을까?

하이데거는 이러한 이론적 해결방법을 철저히 비판했다. 그는 현실적이고 개인적인 인간의 실존 문제를 다루며 이 문제를 극복하기 위해 자칫 외면하기 쉬운 자연으로 돌아가고자 했다. 갑자기 힘든 삶의 극복 방법을 자연에서 찾는다니 누군가는 고개를 갸우뚱거릴 수도 있다.

우리의 삶에 대해 생각해보자. 우리 삶의 첫 시작은 우리의 의지로 시작된 것은 아니다. 더 나아가 모든 인간은 죽음을 필연적으로 받아들여야 한다. 하이데거는 '죽음'이라는 것이 우리에게 필연적임에 '불안'이라는 감정은 인간과 떼려야 뗄 수 없는 감정이라고 주장했다. 이렇듯 '불안'이라는 감정은 항상 우리 곁에 존재하고 있다.

21세기를 살고 있는 지금, 우리는 인간의 내면을 충족하려는 것보다 '과학과 기술을 어떻게 발전시키면 우리가 편하게 살아갈 수 있을까?'라는 질문에 대한 대답을 찾길 원한다. 과학과 기술의 발전은 삶의 질을 높여줄 수는 있지만 마음의 공허함을 채워주지는 못한다. 이 공허함을 채우기 위해 하이데거는 누구에게나 닥칠 인간의 죽음에 대해 진지하게 고민할 필요가 있고 잊고 지내기 쉬운 자연을 통한 시적 감성을 끌어내야 한다고 주장했다.

우리는 우리 주변에 존재하고 있는 나무, 꽃, 산과 같은 자연을 당연히 우리 옆에 존재하는 것이라 생각지 말고 자연이 우리에게 주는 작은 행복으로부터 '경이로움'을 느끼기 위해 노력해야 한다. 이러한 노력이 계속된다면 힘든 삶으로부터 오는 '불안'과 '허무함'에서 조금이나마 벗어날 수 있을 것이다.

'절망'이라는 감정을 중요시한 키에르케고르

하이데거가 생각한 '불안'과 비슷하게 실존주의 철학자 키에르케고르 역시 '절망'이라는 감정을 중요시했다. 그가 생각한 '절망'이라는 감정은 인간이라면 누구나 갖고 있는 것으로 보았다. 하이데거와 같이 키에르케고르 또한 인간은 유한한 삶을 살아가며 무한한 가능성을 꿈꾼다고 믿었다.

유한성과 무한성의 대립 안에서 우리는 '절망'을 하며 그 '절망'이라는 감정을 평생 안고 살아간다. 이러한 '절망'이라는 감정에서 어떻게 헤어나올 수 있을까? 그 해답은 하이데거가 이야기한 것처럼

'자연'에서 찾을 수 있다.

유한한 삶을 사는 우리에게 신이나 자연이 가진 무한한 가능성이 꼭 필요하다. 우리는 우리가 노력하지 않아도 우리 옆에 항상 존재하는 자연이나 신을 간과하며 살아가기 쉽다. '절망'이라는 감정은 우리가 살아감에 있어서 어쩔 수 없이 느껴지는 공통적인 감정이지만 자연과 신을 통해 그 감정에서 빠져나올 수 있고, 빠져나오는 순간 우리는 이전보다 훨씬 편안한 감정을 경험해 볼 수 있을 것이다.

우울한 상황을 음악으로 승화시킨 슈베르트

인자해 보이는 인상과 서정적인 선율로 모든 이의 마음을 흔드는 슈베르트가 불안한 삶과 그 속에서 절망을 느끼며 살아갔다는 것이 아이러니하게 들릴 수도 있다. 서정적이고 감동을 주는 그의 음악에 비해 그의 인생은 어두웠다.

그는 작곡 노트도 구입하기 어려울 정도로 경제적으로 힘든 삶을 살았고 평생 독신으로 31살의 짧은 인생을 보냈다. 내성적인 성격에 불운으로 가득했던 그에게 우울증이라는 무서운 질병까지 찾아와 '절망'의 끝으로 내몰리기까지 했다.

자신이 가장 불행한 인간이며 내일 눈이 떠지지 않길 바라는 마음으로 잠이 들었다는 슈베르트가 이 '절망'이라는 감정을 어떻게 받아들이고 이겨낼 수 있었을까? 그의 삶은 어둠으로 가득했지만 그는 그 속에서 순수한 사랑과 자연의 아름다움을 찾아내려 부단히 노력했다. 이런 노력이 있었기에 서정적이고 아름다운 그의 곡이 지금까지 사랑받고 있는 것이 아닐까 짐작한다.

누구나 인생을 살면서 '불안'과 '절망'이라는 감정을 느껴보았을 것이다. 우리가 원치 않았지만, 이는 누구나 겪는 감정이다. 사실 이런 감정을 겪는 순간, 우리는 이 감정에서 벗어나려고 끊임없이 노력한다. 벗어나기 위한 그 노력 자체는 우리를 살아가게 하는 힘을 준다.

그렇다면 어떻게 벗어나야 할까? 하이데거, 키에르케고르, 슈베르트 모두 자칫 놓치기 쉬운 우리 주변의 작은 것들에 집중하라고 언급한다. 작은 것에 대한 소중함을 깨닫는 귀중한 시간을 경험해 봄으로써 자칫 어두운 감정에 한없이 빠지고 허무해질 수 있는 삶에서의 한 줄기 빛을 느껴보길 바란다.

14) 행복을 위한 조건

　자신의 삶에서 공부만이 인생의 전부라고 생각하는 학생들, 취업을 위해 자신의 모든 열정을 쏟아붓는 취업준비생들, 다른 동료들보다 먼저 높은 지위로 오르려는 직장인들, 이들 모두 치열한 경쟁 사회 속에서 오는 온갖 스트레스를 견디며 어떠한 방법으로든 그중에 살아남으려 노력하고 있다.

　그들의 스트레스는 모두 다르겠지만, 스트레스를 유발하는 사회 속에서 그들이 추구하는 한 가지는 동일할 것이다. '행복해지고 싶다는 것.' 이는 높은 스트레스로 인해 우리의 삶이 행복하지 않아 그 불행으로부터 벗어나고픈 마음에 '더 행복해지고 싶다.'는 욕망이 뚜렷해지는 것이 아닐까 싶다.

　그렇다면 그들이 원하는 진정한 '행복'이란 무엇일까? 더 나아가, 어떻게 하면 스트레스에서 벗어나 잠시 느껴지는 행복이 아닌 영원

한 행복을 느낄 수 있을까? 모든 사람들이 원하는 '행복'은 예전부터 지금까지 시대를 불문하고 많은 철학자들이 중요하게 다루고 있는 주제 중 하나이다. 모든 사람들의 생각이 다르듯 '행복'에 대한 철학자들의 생각은 각기 달랐다.

'행복'이라는 것을 처음으로 중요하게 생각하며 인생의 제일 위대한 목표라고 생각한 고대 그리스 철학자 아리스토텔레스가 생각한 '행복'이라는 것은 지금 우리와는 다른 시대와 장소라는 이유 때문인지 현재 우리가 생각하는 '행복'과는 조금 거리가 멀 수도 있다.

하지만 더 좋은 기분을 느끼고 싶다는 '행복'에 대한 기본적인 생각은 같다. 그가 생각한 '진정한 행복'은 인간이라면 지녀야 할 '이성'을 바탕으로 용기, 우애, 정의 등에서 뛰어난 모습을 보이며 사는 것이었다.

또한 '금욕주의'의 중요성을 피력한 스토아학파와 '쾌락주의'의 중요성을 설명한 에피쿠로스 학파는 '행복'에 대해 서로 상반된 이야기를 풀어놓는다. 스토아학파는 인간은 우주, 즉 자연의 법칙 안에서 살아감으로 인해 자연의 법칙에 순응할 수밖에 없다고 생각했다.

이를 통해 그들은 '행복'이란 '이성'을 바탕으로 우리에게 주어진 자연에 순응하며 사는 것이라고 믿었다. 반면, '인간은 본능적으로 쾌락을 추구하고 고통을 피한다.'라고 생각한 에피쿠로스 학파는 '행복'이란 그 쾌락을 추구하며 사는 것이라고 주장했다.

하지만 여기서 의미한 '쾌락'이란 물질적인 쾌락이 아닌 지속적이고 정신적인 쾌락이었다. 즉, 그들은 우리가 진정으로 행복해지기 위해서는 정신적인 쾌락을 목표로 삼아야 하고 지속적이기 위해 절제된 삶을 살아야 할 것을 강조했다.

인간이라면 누구나 행복해지기를 바란다. 앞서 언급한 철학자들 또한 우리와 같이 자신만의 행복을 찾아 그들의 이론을 확립했다. 그들이 공통적으로 언급한 '행복'이란 더 나은 삶을 위한 방향이었고 계속해서 더 나은 것을 가지고 싶어 하는 욕구였다.

하지만 '행복'을 위한 우리의 욕구가 강해질수록 더 불행해지는 아이러니한 상황이 놓였다. 지금의 상황보다 더 나은 삶을 바라며 현재 우리가 가진 것들을 손에서 놓치게 될까 봐 전전긍긍하면서 하루하루 고통 속에서 살게 되기 때문인 듯싶다.

여기서 철학자들은 우리가 간과해서는 안 될 중요한 한 가지를 꼽았다. 절제된 삶, 더 나은 삶과 더 나은 것을 갖고자 하는 '행복'을 위해 그들은 우리에게 절제가 꼭 필요하다고 믿었고 절제하는 삶을 살아야 불행해지지 않는다고 생각했다.

화려한 기교와 수려한 모습으로 당시 청중들에게 큰 인기를 누렸던 헝가리의 낭만주의 시대 작곡가 리스트는 모든 면에서 그 누구보다 앞서길 바랐다. 그 당시 다른 작곡가들은 시도조차 하지 못했던 혁신적인 테크닉을 구사한 음악은 관객들에게 적지 않은 충격을 주었다.

이렇듯 그는 낭만주의 시대 클래식 음악 관객들의 최대 관심을 받앉고 이에 따른 그의 삶은 드라마와 같았다. 하지만, 당시 연예인과 같은 인기에도 불구하고 그는 돌연 수도사의 삶을 선택하게 되었다. 과연 왜 이전과 180도 다른 길을 선택했을까.

더 나은 삶을 살고 싶어 했던 리스트는 그를 경제적으로 후원하던 비트켄슈타인 부인과 사랑에 빠졌다. 그녀를 진심으로 사랑했지만, 귀족과 평민이었던 그들은 이루어질 수 없는 운명이었다. 리스트는 당시 '노력해도 이루어질 수 없는 것은 존재한다.'라는 것을 깨달았다. '인생은 덧없다.'라는 것도 동시에 깨달았다. 결국 그는 그의 삶과 음악에 화려함을 멀리하기 시작했고 그 대신 절제를 선택했다.

우리는 다른 어떤 시대보다 치열한 경쟁사회에 살고 있다. 스트레스가 심해질수록 우리는 '행복'을 더 갈구하게 된다. 어둠 속에서 돌파구를 찾는 것처럼. 하지만 더 나은 삶을 위한 '행복'을 찾아가기만 한다면 자신의 욕심에 휘둘리게 됨에 따라 자칫 원치 않았던 불행을 겪게 될 것이다. 우리는 진정한 '행복'을 위해 '절제'가 필요하다. 화려함을 쫓다 결국 절제하는 삶을 찾아간 낭만주의 시대 작곡가 리스트와 같이.

II

음악교육

1) 클래식 음악교육이 가야할 길

얼마 전, 피아노 독주회를 참석하기 위해 세종문화회관에 간 적이 있다. 오랜만에 참석하는 연주였기에 설레는 마음을 안고 연주회장에 도착하였고 연주가 시작하기만을 기다렸다. 하지만, 연주가 시작하기 직전까지 관객들은 거의 보이지 않았다. 연주자가 무대 위에서 1시간 동안 연주를 하기 위해 얼마나 많은 인내의 시간을 견뎌왔는지 알기에 관객석을 보며 처음 느꼈던 설레는 마음이 안타까운 마음으로 흘러갔다.

물론, 관객의 수가 연주의 질을 판단하는 것은 아니다. 하지만, 최소 몇 개월 동안 고민하며 만들어 낸 음악을 함께 감상할 누군가가 있다면 우리는 연주 후에 느껴지는 허무함이라는 감정을 덜 갖게 될 것이다. 여기서 몇 가지 의문점이 생겼다. 클래식 음악의 대중화가 필요한가? 과연 클래식 음악은 대중화가 가능한가? 어느 피아니스트의 인터뷰가 떠올랐다.

'클래식 음악의 대중화는 불가능하다. 연주자가 관객들의 귀를 즐겁게 해주기 위해 곡을 선택해서는 안된다. 관객들은 연주자가 선택한 음악을 이해하기 위해 연주자와 함께 고민하며 감상해야 한다. 그만큼 클래식 음악은 가치가 있고 고귀하다.'

틀린 말은 아니다. 17세기와 18세기의 서양 클래식 음악을 연주하고 감상하는 것은 선택된 자들만의 특권이었다. 그 당시 선택된 사람들을 위한 클래식 음악을 대중화시킨다는 것은 분명 불가능할 것이다. 하지만, 연주자는 관객이라는 힘이 필요하다.

연주자에게 그 힘을 주기 위해 우리는 무엇을 변화시켜야 할까? 무엇보다 관객 개발이 중요하다는 건 누구도 부정할 수 없다. 현재 클래식 음악회를 참석하는 관객의 절반 이상은 연주자의 지인이다. 실제 표 값을 지불하고 음악회를 참석하는 관객은 굉장히 적다. 클래식 음악이 살아남으려면 클래식 음악을 원하는 관객들이 지금보다 많아져야 한다. 클래식 음악회의 잠재적 관객 개발이 그 무엇보다 중요하다. 특히, 잠재적 관객인 청소년의 클래식 음악에 대한 시선이 긍정적으로 변해야 한다. 그만큼 청소년에게 클래식 음악교육은 잠재적 관객 개발을 위해 필수적이다.

우리는 중·고등학교 음악 수업의 방향이 어디로 향해가야 할지 냉철하게 바라봐야 한다. 클래식 음악의 색을 살리면서 대중이 원하는 색을 덧입힌 콘텐츠를 개발해야 한다. 이것은 아이러니하게도 현재 사람들의 시선에서 사라져가고 있는 철학과 인문학을 통해 가능하다. 클래식 음악과 철학·인문학의 융합은 잠재적 관객인 청소년의 흥미를 끌 수 있는 클래식 음악의 새로운 콘텐츠가 될 것이다.

클래식 음악은 변화가 필요하다. 선택된 소수의 관객들을 위한 클래식 음악은 옛말이다. 음악회에 참석하기 위해 직접 표를 사고 연주회장을 찾는 관객들이 많아져야 클래식 음악이 살아남는다.

잠재적 관객인 청소년이 클래식 음악을 항상 그들의 옆에 둘 수 있도록 길을 닦아주어야 한다. 이것은 학교에서부터 시작해야 한다. 획일화된 음악 교육이 아닌 현시대에 걸맞은 목표를 가진 음악 교육이 필요하다. 그래야 클래식 음악이 앞으로 살아남을 수 있다.

2) 학교는 왜 존재하는가

　며칠 전 아이와 산책을 하다 초등학생으로 보이는 남학생과 이야기를 나눌 기회가 있었다. 남학생은 코로나 바이러스로 인해 학교에 등교하지 못했다가 몇 개월 만에 학교에 다녀오는 길이었다.

　그 학생의 얼굴은 환한 미소로 가득했고 친구들과 있었던 일들을 나와 20개월인 나의 아이에게 재잘재잘 이야기하기 시작했다. 나와 남학생의 대화를 이해하지 못하는 나의 아이조차 그 학생이 즐겁고 행복해 보였는지 자리를 떠나려 하지 않았다. 그 학생의 얼굴은 행복해 보였지만 현실을 생각하니 한숨이 나왔다.

　2020년은 우리에게 잊지 못할 참혹한 현실을 마주하게 했다. 학교에 가서 친구들과 함께 시간을 보내는 것이 이렇게 소중하고 행복한 것임을 2020년 이전에는 누가 과연 생각이나 했을까? 학교에서 많은 시간을 보낼 수 없음에 물리적 거리가 당연히 생기겠지만 학생들과 선생님들의 활발한 마음의 교류를 위해 우리는 새로운 시도를 해야 한다.

학교에서 학생들은 지식을 배워가고 지식을 많이 배울수록 학생들은 좋은 학교에 간다. 학교의 목표는 학생들이 좋은 대학교에 입학하는 것이다. 학생들이 좋은 대학교에 입학할수록 그 학교의 명성은 높아져간다. 과연 학교가 학생들의 학습 결과로만 평가되는 것이 학생들을 올바른 길로 나아가도록 할 수 있을까?

2020년, 우리는 학교의 역할이 무엇인지 다시금 생각해볼 기회가 생겼다. 학생들은 늘 입시 학원과 공부에 치이다 하루를 보낸다. 그들이 입시 긴장의 끈을 놓는 유일한 때는 친구들과 함께 시간을 보내는 순간이다. 학교에서 친구들과 시간을 보내면서 '작은 사회'를 경험하게 된다.

하지만 2020년 지금, 그들에게 유일한 돌파구였던 그 순간을 가질 기회가 사라졌다. 그들은 서로 멀어지고 있고 '작은 사회'를 경험할 틈도 없다. 그들에게 지금 필요한 건 입시 학원이 아닌 친구들이다.

물론, 학교가 '사회화'만을 위해 존재해서는 안될 것이다. 초등학교의 전신인 소학교의 시작은 일상 생활에서 반드시 필요한 기초적인 지식을 전달하기 위함이었다. 그럼에도 불구하고 우리는 학교가 제공하는 다른 면을 바라볼 필요가 있다.

사람과의 관계에 어려움을 갖고 이로 인해 잘못된 인식을 품게 되어 범죄를 저지른 사람이 어디서부터 잘못되었는지 짚어봐야 한다. 그만큼 우리는 학교의 사회화의 기능을 무시해서는 안된다. 그렇다면 사람과의 물리적 거리가 필요한 지금, 학생들이 이 '사회화'를 어떻게 경험할 수 있을까?

현재 학교에서 비대면 수업을 위해 활용하고 있는 '기술'만이 해결해 줄 것이라 짐작한다. 여기서 말하는 '기술'은 학생들이 자주 사용하는 컴퓨터나 핸드폰만을 의미하는 것은 아니다. 하드웨어뿐만 아니라 Google doc이나 Google Classroom과 같은 소프트웨어도 좋은 도구이다. 이 프로그램을 통해 학생들은 서로 피드백을 주고받으며 그들의 생각과 의견을 교류할 수 있다. 교사가 이런 도구들을 잘 활용할수록 학생들은 서로 거리상 떨어져 있지만 마음만은 가까워질 수 있을 것이다.

이러한 '기술'을 사용함에도 불구하고 감정의 교류는 실제로 만나야만 가능하다. 하지만, 현재 우리의 이런 우울한 상황으로 인해 다양한 '기술'의 발전이 학교 주변에서 적극적으로 일어나고 있다. 교사가 '기술'을 잘 선택하고 적극적으로 활용한다면, 학교의 중요한 기능인 '사회화'에 대한 우리의 걱정은 작아질 것이다.

우리는 이 침울한 상황에 모든 것을 포기하며 굴복해서는 안된다. 이것을 기회라 생각하여 적극적으로 변화를 받아들이고 한 단계 성장해야 한다. 그래야 우리 아이들을 위한 학교의 미래가 계속해서 밝게 빛날 것이다.

3) 음악과 기술의 조화

2009년 9월 박사 학위의 시작 날, 설레는 마음을 안고 나의 지도 교수님 방 앞에 서있던 날이 생생하다. 연구실 방 문을 두드리고 한 발짝 방 안으로 들어섰다. 컴퓨터 앞에 앉아 계시던 교수님이 활짝 웃으시며 맞아 주셨다. 길게 느껴졌던 대화의 시간이 끝나고 레슨이 시작되었다. 얼마 지나지 않아 교수님은 능숙하게 아이패드를 꺼내 시며 곡에 대해 설명하기 시작하셨다.

레슨 시간에 경험해보지 못했던 이런 환경은 나에게 신선한 충격 으로 다가왔다. 그 당시 레슨에 기술을 활용한다는 것은 거의 드문 일이었다. 하지만 2020년, 코로나19로 인해 교실에서 기술의 사용 은 빈번하게 불가피해졌다. 옛날 교육 방식을 고집했던 교사들도 그 들의 교실에 기술을 도입하기 시작했다.

나의 수업방식에도 변화가 생겼다. 학생들과 직접 만나지 않고 수업을 진행해야 했다. 사실, 처음에는 혼란스러웠다. 디지털 테크놀로지를 사용한다는 것은 나에게 큰 부담이었고 어떤 종류의 테크놀로지가 있는지조차 알지 못했다. 녹음되는 나의 목소리와 말의 빠르기도 마음에 들지 않았다.

무엇보다 가장 큰 문제는 학생과의 의사소통이었다. 수업 내용을 이해했는지, 아니면 질문이 있는지 알지 못했다. 그만큼 학생들의 반응이 전혀 없었다. 하지만, 시간이 흐르면서 학생들의 피드백이 하나 둘 쌓여갔다. 학생들은 생각보다 테크놀로지의 사용에 어려움을 갖지 않았다. 더 수업에 흥미를 갖게 되었고 편하게 수업에 참여했다고 설명했다.

학생들의 흥미를 끌기 위해서라도 교실에서 테크놀로지의 사용은 필수적이다. 물론 나를 포함한 음악을 전공한 대부분의 사람들은 테크놀로지를 사용하는 것에 어려움을 갖고 있다. 새로 알게 된 기술을 익히기까지 상당히 많은 시간이 우리에게 필요하다. 상당한 노력과 시간이 필요하겠지만 21세기를 살아가는 우리는 기술의 사용을 피해 갈 수 없다.

코로나19는 과거의 교육 방식을 완전히 바꾸게 만들었다. 교사들 모두 온라인을 사용하여 수업을 준비하고 화면 속에서 학생들과 인사를 나눈다. 시작은 불편했으나 지금은 익숙해졌다. 교실에서 기술의 사용은 한동안 지속될 것이다.

앞으로의 교육 방식이 지금처럼 완전히 바뀔지도 모른다. 새로운 환경에 적응하기 위해 꽤 많은 시간이 필요하다. 변화된 삶의 방식에 불평만 늘어놓기보다 이를 받아들이고 긍정적인 방향으로 나아가야 할 때이다.

4) 서로의 벽을 허물고, 함께하는 즐거움

　오래 전부터 출산율이 낮아지면서 사람들은 점점 혼자인 시간이 많아졌다. 주변에 사람이 줄고 혼자 취미생활을 하는 경우가 흔하다. 아이들 또한 혼자 공부하고 여가시간을 보낸다. 최근 '민폐'나 '예의'에 대한 중요성이 높아지면서 남에게 피해를 주지 않는 것을 넘어서 남에게 신세를 지지 않겠다는 생각이 점점 강해지고 있다.

　그래서인지 아이들조차 친구들에게 무언가를 부탁하거나 친구들로부터 부탁을 받는 것에 부담을 느끼곤 한다. 더 나아가, 남의 일에 관심이 없으니 다른 사람과의 관계를 피하곤 한다. 즉, 사람과의 관계에 관심이 없고 차단해 버린다는 것이다.

　이러한 삶이 우리에게 좋은 결과를 가져다줄까. 피하기만 하면 더 이상 문제가 생기지 않을까? 우리는 살면서 우리가 원하는 바를 이야기하고 우리의 주장을 펼칠 수 있어야 한다. 이것은 용기가 필요하다. 즉, 다른 사람과의 관계를 피하지 말고 그들과 문제가 발생한다면 이를 해결하기 위해 서로 노력하는 지혜와 용기가 필요하다. 그래야 건강한 사회가 된다. 이것은 '작은 사회'인 학교에서부터 시작해야 할 것이다.

'작은 사회'를 경험할 수 있는 장소를 학교가 제공해 주지 않으면 아이들은 서로 그들의 감정을 교류하고 다른 사람들과 관계를 맺는 방법을 배우지 못할 것이다. 따라서, 학교는 우리 아이들을 위해 반드시 존재해야 한다. 더 나아가 교사는 아이들이 다른 사람과 관계를 맺는 방법과 기회를 제공해 주어야 한다.

그것은 학교 내 어디서든지 가능하다. 교사의 적극적인 노력에 따라 그 결과는 확연히 차이가 날 것이다. 그만큼 학교 내에서 교사의 역할이 중요하다. 아이들이 다른 사람과의 협동심을 기르도록 우리가 할 수 있는 최소한의 방법은 수업 중에 서로 대화를 유도하는 것이다.

함께하는 것의 중요성을 아이들에게 알리고 우리는 그들에게 긍정적인 결과를 이끌어낼 수 있도록 자세한 가이드라인을 제공해야 한다. 그렇지 않으면, 아이들은 혼자 지내는 것에 익숙해질 것이고 심지어 다른 사람과의 관계를 아예 차단해버릴 것이다.

몇몇 사람들은 때때로 다른 사람들과 함께 시간을 보내는 것에 어려움을 느낀다. 혼자 연습하는 것에 익숙한 음악 전공자들은 특히 더 어려움을 느끼곤 한다. 물론, 우리는 혼자만의 시간이 반드시 필요하다. 하지만, 우리는 다른 사람들과 어려움을 함께 해결해 나가면서 그들과 관계를 맺으며 살아가야 한다. 아이들이 '작은 사회'인 학교에서부터 관계 맺기를 시작해야만 이 사회가 용기 있는 사람들로 가득 차고 그 결과 건강한 사회가 될 것이다.

5) 시로 풀어내는 인간의 감정

언제인지 정확히 기억이 나지 않지만, 나의 학생은 피아노 레슨 도 중 나를 번뜩이게 하는 질문 하나를 던졌다.

"선생님, 슬픈 감정을 피아노 연주로 표현하고 싶은데 도저히 어 떻게 해야 할지 모르겠어요. 감정 표현을 잘하려면 어떻게 연습해야 해요?"

이 질문을 하자마자 나는 어떻게 대답해야 할까 난감했다. "슬픈 감정을 표현하려면 작곡가의 의도를 알아야…곡에 표시된 것들을 알아야.." 하며 횡설수설할 수밖에 없었다.

하지만 나의 학생은 여기에 그치지 않고 감정 표현을 왜 해야 하냐 는 질문까지 하며 나를 당황하게 만들었다. 사실, 음악은 감정과 밀 접하게 연관되어 있다. 작곡가는 자신이 느꼈던 감정을 그의 곡에 담아냈고 연주자인 우리는 그 감정을 찾아 관객들에게 잘 전달해야 한다. 이러한 중요성에도 불구하고 우리는 연주 테크닉에만 관심을 갖고 감정 표현을 간과하는 경우가 많다. 나의 학생 덕분에 나는 감정 표현의 중요성을 깨닫게 되었고 한 가지 방법을 고안해 냈다.

현재 우리나라의 교육계는 입시를 위한 교과 위주로 움직이고 있다. 입시에 도움이 되지 않는 음악, 미술 또는 체육에는 사람들이 거의 관심을 두지 않는다. 하지만 음악이 사라진다면 이 사회는 어떻게 변할까?

다른 사람들과 관계 맺기 위한 시간을 보내지 않고 혼자만의 세상에 갇힌다면 소위 '사이코패스'나 '소시오패스'라 불리는 사람들이 우리 주변 곳곳에 존재할 것이다. 슬프거나 즐거운 감정을 느낄 줄 알아야 우리는 다른 사람들을 공감할 수 있다. 우리는 이 공감 능력이 반드시 필요하다.

그럼에도 불구하고 악기를 연주하는 학생들 대부분 연주를 통한 감정 표현에 서투른 경우가 굉장히 많다. 나는 나의 학생들에게 다양한 감정을 연주로 표현하도록 많은 방법을 제안했다. 그중 한가지 인상적인 결과가 나왔다. 그 방법은 '시'를 활용하는 것이었다. '시'는 표현하고자 하는 내용이나 감정을 함축적으로 써 내려간 결과물이다. 우리는 '시'를 읽고 난 후 떠오르는 느낌을 마음속에 붙잡고 생각에 잠길 필요가 있다. 그리고 마음속에 잔재한 그 느낌을 온몸으로 느낀 채 연주에 빠져야 한다. 이러한 과정을 몇 번 지속한 결과 나의 학생들은 어느 정도 감정을 지닌 연주를 할 수 있었다.

6) 내 인생의 클래식 음악

잊지 못하는 기억이 있다. 15년 전 대학교 도서관에서 기말고사를 준비하며 좋아했던 노래를 반복해서 듣던 때이다. 평소 집에서 공부하는 걸 좋아했지만 이상하게 그 당시 나는 집 대신 도서관으로 향하곤 했다. 도서관에 가서 공부한다고 더 집중되지는 않았다.

시험공부보다 시나 소설을 읽는 시간이 더 잦았다. 지금 당장 해야 할 공부를 뒤로하고 내가 가장 좋아했던 팝송을 들으며 시나 소설에 빠져들 때 자유로운 일탈을 느끼곤 했다. 나에게 자유로움을 갖게 해 준 건 그 당시 들곤 했던 팝송이었다.

누구나 좋아하는 노래는 하나씩 있다. 그 노래를 좋아하게 된 이유는 다양할 것이다. 누구는 그냥 좋다고 이야기할 수도 있고 다른 누구는 노래를 들을 때 기분이 좋아져서라고 이야기할 수도 있다.

하지만, 가장 좋아하는 클래식 음악을 꼽으라면 주저하는 사람들이 많을 것이다. 그만큼 우리는 어릴 때부터 클래식 음악을 가까이 할 기회를 갖지 못한다. 사람들이 클래식 음악을 찾도록 만들려면 어릴 적 집에서 자연스럽게 노출이 되어야 한다.

그리고 학교의 도움도 필요하다. 학교에서 청소년들이 가장 좋아하는 클래식 음악을 꼽을 수 있도록 음악 교육이 이루어져야 한다. 그들에게 클래식 음악을 접할 수 있는 기회와 감상법을 제공해야 한다. 현재 초 · 중 · 고등학교 음악 수업은 학생들이 노래를 부르고, 악기를 연주하고, 클래식 음악의 역사를 배우는 것이 대부분이다.

몇십 년 동안 이어져 온 음악 교육 방식은 변화되어야 한다. 학교를 졸업하고 나서도 클래식 음악을 찾을 수 있는 교육과정이 필요하다. 클래식 음악을 어떻게 감상해야 하는지 알고 이를 통해 자신이 가장 좋아하는 클래식 음악을 선택할 수 있도록 만들어야 클래식 음악은 살아남을 수 있을 것이다.

27개월 아기와 함께 정신없이 하루를 보내고 있는 나는 아기가 낮잠을 자는 1시간이 너무 소중하다. 그 시간 동안 보고 싶은 책을 뒤적뒤적 찾거나 듣고 싶은 클래식 음악을 찾는다. 그리고 책을 손에 들고 음악을 감상한다.

남들이 좋아하는 책과 음악이 아닌 내가 깊게 고민한 끝에 선택한 책과 음악을 고른다. 그렇게 고른 책과 음악과 함께하는 1시간이 나에게 자유로움을 느낄 수 있게 해주는 유일한 시간이다. 나의 27개월 아기도 내가 좋아하는 클래식 음악을 무척이나 좋아한다. 뒤돌아 볼 새 없이 앞만 보고 달려갈 수밖에 없는 현실에서 도망치고 싶을 때가 많다. 돌보고 지켜야 할 가족이 있는 경우라면 더 그렇다.

누구나 이런 현실에서 해방감을 느끼고 싶겠지만 상황이 녹록지 않다. 하지만 클래식 음악은 조급한 마음을 지닌 우리에게 자유로운 해방감을 느낄 수 있도록 도와줄 것이다. 앞날을 불안해하는 청소년들에게 클래식 음악을 통한 해방감을 미리 경험하도록 해준다면 불안한 현실 속에서도 살아남는 힘을 기를 수 있을 것이다.

7) 들을 권리

아이들에게 학습과 음악의 균형도 '놀 권리'와 마찬가지로 중요하다. 입시 위주로 아이들을 평가하는 학교는 아이들에게 여가 시간을 주지 않는다. 잠깐 다른 곳에 기웃거릴 시간조차 주지 않는다. 학교에 있는 아이들은 '학습할 권리'만 있는 것일까.

누구나 여가 시간을 가질 권리가 있다. 입시를 준비하는 아이들도 마찬가지다. 여가 시간을 위해 아이들이 '놀 권리'를 가질 수 없다면 '들을 권리'라도 가질 수 있는 환경을 주어야 한다. 클래식 음악이 인간의 마음을 움직이게 한다는 것에 동의하지 않는 사람은 거의 없을 것이다.

눈 앞에 있는 입시로 인해 조급하고 불안한 마음을 지닐 수밖에 없는 아이들이 클래식 음악을 통해 조금이나마 마음의 평안을 가질 수 있지 않을까? 학교가 아이들에게 하루 10분만이라도 클래식 음악의

'들을 권리'를 준다면 적은 시간으로 큰 변화를 일으킬 가능성이 충분히 있다.

지금 당장 공부해야 좋은 대학에 입학할 거라는 잘못된 생각이 아이들을 더 불안하게 만든다. 한걸음 물러서서 아이들의 마음을 쓰다듬어 줘야 한다. 클래식 음악이 아이들의 마음을 평온하게 만들고 다시 공부할 수 있는 힘을 길러줄 것이라 믿는다.

현재 우리 아이들은 성적으로 평가받는다. 아이들의 태도보다는 성적으로 그들을 평가한다. 어떻게 해서라도 그들은 성적을 올리려 노력한다. 성적으로 평가받는 현실에 살고 있는 우리 아이들의 마음은 점점 불안하고 어두워지고 있다.

바로 앞에 치러야 시험의 점수를 잘 받기 위해 자신의 삶을 돌아보지 못한다면 결국 그들의 삶은 무너지고 말 것이다. 물론, 학생들에게 성적이 제일 중요하다. 하지만, 입시 결과로만 판단되는 사회로 인해 점점 조급해지고 닫히고 있는 그들의 마음도 생각해야 할 때이다. 아이들이 긴 인생을 어떻게 살아가야 할지 가르쳐주는 곳이 학교인 만큼 입시 결과로만 아이들을 판단해서는 안된다.

치열한 경쟁 속에서 조금이나마 마음의 여유를 가질 수 있는 환경을 제공해야 한다. 학교에서의 '클래식 음악을 들을 권리'는 아이들의 마음을 어루만져줄 수 있는 유일한 도구가 될 것이다.

8) '의지' 강요의 부작용

'암을 이겨내려는 의지가 있어야 해!'

텔레비전에서 암에 걸린 딸에게 부모님이 건넨 이야기다. 그 이야기를 들은 딸은 살짝 미소를 지으며 더 이상 아무 말도 하지 않는다. 아픈 사람들에게 우리는 위로의 말로 '삶의 의지'라는 이야기를 아무렇지 않게 꺼내 건넨다.

하지만, 매일 듣는 '파이팅' '힘내' '의지를 잃지 마'라는 응원은 자칫 삶의 의지를 꺾어버릴 수 있다. 암을 이겨내야겠다는 의지만 있으면 다 나을 수 있다는 말인가? 물론, '할 수 있다'라는 의지가 있는 사람들은 그렇게 생각하지 않은 사람들보다 더 확률적으로 성공했다는 연구결과가 있다.

이것은 무조건 '살기 위한 의지'가 중요한 게 아니라 '의지'를 갖고 자신의 치료에 전념하면 좋은 결과를 유도한다는 것을 보여주고 싶었을 것이다. 다시 말해, 자신의 아픔을 받아들이고 인내하며 치료에 대한 의지를 가져야 한다는 걸 보여준다.

클래식 음악도 마찬가지다. 경제적 창출이 거의 불가능하다는 이유로 사람들의 시선에서 외면받고 있다. 많은 사람들이 클래식 음악에 대한 선입견을 갖고 있다. '클래식 음악은 이해하기 어려워.' '클래식 음악은 지겨워.' 이러한 이야기를 들을 때면 음악가들은 힘이 빠진다. 그리고 사람들이 클래식 음악을 들으려는 의지를 갖길 바란다.

하지만, 클래식 음악을 들으려는 의지만 있으면 즐길 수 있을까? 클래식 음악에 자연스레 노출되고 계속해서 듣는 꾸준함이 필요하다. 현재 우리 학교에서는 어린아이들에게 클래식 음악의 이론적인 면만 강조하고 있다. 그들에게 음정이나 조표 같은 전문적인 지식은 중요하지 않다고 생각한다.

클래식 음악을 감상했을 때 느껴지는 아름다움을 경험할 수 있는 기회를 제공해야 한다. 그 아름다움을 어린아이들에게 자연스럽게 노출시켜야 한다. 더 나아가 아름다운 클래식 음악을 꾸준하게 들려줘야 한다. 이를 통해 그들은 다채로운 클래식 음악의 색을 경험할 수 있을 것이다.

클래식 음악을 찾는 사람들이 점점 사라지고 있다. 클래식 음악을 전공하려는 학생들도 점점 사라지고 있다. 이대로라면 20년 뒤 클래식 음악은 우리 곁에 없을 것이다. 클래식 음악이 400년 이상 지속되어 온 이유가 있다. 사람의 마음을 쓰다듬어주는 클래식 음악이 사라져서는 안 된다. 우리는 많은 사람들이 클래식 음악을 직접 찾고 감상하도록 만들어야 한다.

이 해답은 어린아이들을 위한 음악 교육에 있다. 절대로 클래식 음악을 감상하라고 강요해서는 안된다. 어린아이들에게 클래식 음악을 자연스럽게 노출시키고 꾸준하게 그 아름다움을 경험하도록 해야 한다.

9) 클래식 음악의 기적

　매 수업을 시작할 때마다 고민하는 한 가지가 있다. 어떻게 하면 학생들을 나의 목소리에 집중시킬 수 있을까? 수업을 시작하기 전 항상 5분 전에 교실에 도착해서 수업을 준비한다. 아이들의 시끄러운 수다 소리가 나의 귀를 사로잡는다. 수업이 시작하는 종소리가 울림에도 불구하고 그들의 목소리는 사라질 기미가 보이지 않는다. 나의 목소리를 크게 내 보기도 하고 아무 말없이 조용히 있어 보기도 했다. 어떤 방법도 소용없었다.

　그러던 중 한 가지 방법을 생각해 냈다. 수업을 시작하기 전에 클래식 음악 하나를 틀었다. 그러자 교실 안의 분위기가 차분해지면서 한 명 두 명 나를 바라보기 시작했다. 드디어 나의 목소리에 귀를 기울이게 되었다. 나와 나의 학생들은 클래식 음악의 기적을 교실에서 발견하게 된 것이다.

유치원에 다니는 아이들조차 사교육을 받으며 바쁜 하루를 보내곤 한다. 초등학교에 입학하면서 아이들이 공부해야 하는 양은 어마어마하게 쌓여만 간다. 대입을 앞둔 고등학교 3학년 학생들은 말할 필요도 없다. 나의 고등학교 시절도 마찬가지였다. 학교를 마치고 집으로 돌아오면 다시 학원을 가기 위해 나갈 준비를 하느라 집에서 여유 있게 보냈던 기억이 거의 없다.

그럼에도 불고하고 잊지 못하는 기억이 있다. 이리저리 돌아다니며 수업을 듣고 집으로 돌아오는 길이 잊히질 않는다. 그때 들었던 클래식 음악은 나의 마음을 쓰다듬어주곤 했다. 앞만 보고 달렸던 하루의 끝을 차분한 클래식 음악과 함께했던 나의 고등학교 시절이 그리 나쁜 기억으로 떠오르진 않는다.

수능 점수와 대입이 아이들의 인생을 결정하는 요인이 되다 보니 학교, 학부모, 학생들 모두 오로지 공부에만 집중한다. 주변을 둘러볼 여유조차 없다. 누구보다 아이들의 마음은 더 조급해지고 피폐해져 간다. 입시 경쟁에서 살아남지 못해 결국 사회에 적응하지 못하는 아이들도 생기고 있다.

급할수록 마음을 가다듬고 한걸음 한걸음 나아가야 한다. 경쟁 사회에서 살아남으려면 자신의 마음을 가다듬을 줄 알아야 한다. 조급해지는 마음을 가다듬기 위해 클래식 음악은 반드시 필요하다. 클래식 음악의 기적을 아이들 모두 경험할 수 있기를 바란다.

10) 다양성이 존중되는 사회

언젠가 카페에서 옆 테이블에 앉아있던 엄마들의 대화를 들었던 적이 있다. 그들의 대화를 일부러 들으려 한 건 아니었다. 불안해 하는 한 엄마의 큰 목소리 때문에 그들의 대화는 나의 귀로 들어왔다. 그들의 대화는 이러했다.

유독 큰 목소리로 이야기했던 한 엄마는 현 우리 사회의 사교육에 대해 불평을 늘어놓았다. 초등학생인 그녀의 아이는 몇 년 동안 미국에서 살다가 한국으로 귀국을 했다고 한다. 그녀는 미국에서는 아이가 사교육을 받았던 적이 전혀 없었지만 한국에서는 사교육이 필요한 것 같다고 이야기하며 불안해했다.

원치 않았던 그들의 대화를 들으며 나는 의문점이 생겼다. 사교육이 꼭 필요할까? 학교에서의 교육으로는 부족할까? 왜 모든 아이들이 원하는 전공과 대학이 같을까?

소위 말하는 '성공했다'는 것은 출신 대학으로 결정되곤 한다. 서열이 높은 대학에 입학을 한 학생의 이름을 학교 정문 앞 현수막에 거는 것을 봐도 그만큼 우리 사회는 출신 대학과 학과를 중시한다. 출신 대학과 학과로 아이들이 평가된다. 이러한 사회 분위기는 더욱 더 사교육을 중요시하게 만든다. 하지만, 서열이 높은 대학교를 졸업했다고 회사에서의 직무 능력 또한 높을까? 전혀 그렇지 않다. 직무 능력은 수능 점수와 관련성이 없다. 그럼에도 불구하고 우리는 더 좋은 대학을 가기 위해 이곳저곳을 다니며 공부를 한다.

모든 아이들은 각기 다른 잠재력을 갖고 있다. 어떤 아이들은 신체적 능력이 뛰어나고 다른 어떤 아이들은 관찰하는 능력이 뛰어나다. 하지만, 그들 모두 국어, 영어, 수학 점수를 높여 더 좋은 대학에 입학하려 노력한다. 피아노 연주의 능력이 탁월한 아이들도 피아노를 포기하고 국어, 영어, 수학을 선택한다. 물론, 음악을 전공하는 아이들도 국어, 영어, 수학을 공부해야 하는 것은 당연하다.

하지만, 그들은 피아노를 완전히 포기한다. 이것은 클래식 음악이 우리 주변에서 사라지게 하는 결과를 낳고 있다. 몇십 년 동안 계속되어 온 학벌과 대학 서열에 대한 문제는 지금까지도 계속되고 있다.

이러한 사회 분위기를 변화시키기 위해 교육계는 여러 시도를 하고 있지만 변화되지 않을 것으로 보인다. 10년 뒤에는 아이들마다 가진 잠재력을 키워줄 수 있는 사회로 변화될 수 있길 바란다.

11) 만남의 그리움

'다음 주에 만나자!' 6교시 수업이 끝난 후 학생들과 헤어지면서 건넨 이야기다. '다음 주부터는 비대면 수업인데 어떻게 만나요?' 나의 이야기를 듣고 놀란 표정을 지으며 나에게 다시 물었다. '물론 줌(zoom)에서 만나야지...' 나는 씁쓸한 표정을 지으며 답했다.

줌(zoom)이란 사람들과 대화를 나누는 방식이 완전히 바뀐 요즘 가장 흔하게 사용되고 있는 화상 플랫폼이다. 이전과 같이 직접 만나서 눈을 마주치며 악수를 나눌 순 없지만 우리는 그때와 다른 방식으로 만나고 있다.

사실, 처음 줌(zoom)으로 학생들을 만났을 때 생각보다 매끄러운 대화로 수업을 진행할 수 있어서 놀랐던 기억이 생생하다. 점차 학생들의 태도, 눈빛, 표정, 분위기 등을 알아차릴 수가 없어서 답답해졌다. 작은 화면에 보이는 학생들의 모습으로 수업 성취도를 확인하는 것이 거의 불가능했다.

화상 플랫폼의 부정적인 시선에도 불구하고 얼마 전 연주자들이 줌(zoom)에서 모여 함께 앙상블 연주를 한다는 기사를 읽었다. 악기는 바이올린, 비올라, 첼로 등 다양했다. 연주자들이 동시에 줌(zoom)을 켜서 놓고 모두 함께 연주를 한다는 것을 상상해보자.

앙상블은 연주자 혼자서는 불가능하다. 여러 명의 연주자들이 만나야 가능하다. 그들은 실제 만나지 못하는 현 상황을 참고 참다가 결국 이러한 방안을 마련한 것이다. 그만큼 그들은 만남을 그리워했다는 의미가 아닐까.

실제 만남을 피하는 요즘 연주자들은 함께 연주하기 위해 새로운 방안을 마련하려 노력하고 있다. 당장 우리는 코로나19와 헤어질 수 없기에 이러한 새로운 만남의 방식은 앞으로 계속될 것이다. 그들은 만남을 그리워하며 음악과 함께할 수 있는 새로운 방식의 만남을 창조해 나갈 것이다.

III

음악경영

1) 잠재적 관객 개발을 위한 방안

작년 여름, 서울의 한 연주회장에서 문체부가 후원하는 프로그램에 선정된 연주회가 있었다. 오랜만에 연주자가 아닌 관객으로 연주회장에 가는 나로서는 준비하는 시간마저도 설레었다. 연주자들이 오랜 시간 동안 프로그램을 고민하고 연습했을 노력을 생각하니 동시에 가슴이 벅차올랐다.

그러나 연주 시작 직전 연주회장에 들어서는 순간 그전까지 느꼈던 설렘은 사라졌다. 그 이유는 나를 포함하여 관객석에 7명만이 앉아있었기 때문이었다. 그 순간 많은 생각이 들었다. 연주자들의 지인들이 관객석을 메워 주는 연주가 언제까지 지속되어야 할까. 연주를 준비하면서 연주보다 관객 초대에 대한 걱정이 많았기에 이는 나를 포함한 모든 연주자들이 풀어야 할 숙제가 아닐까 생각했다.

1시간 반 지속된 연주시간 동안 연주에 대한 감상보다 클래식 음악의 관객 개발을 위한 방안을 미국과 홍콩에서의 상황과 비교하며 고민했다.

　미국에서 석사, 박사 학위를 위해 지냈던 6년 동안 학교를 포함하여 주변 곳곳에서는 피아노 독주뿐 아니라 다양한 연주가 자주 열렸다. 연주자는 이름만 들어도 알 수 있는 연주자부터 이제 연주자로서의 기반을 다지기 시작한 연주자까지 다양했다. 다양한 색깔을 가진 연주자들을 직접 보고 그들의 연주를 실제로 감상할 수 있었던 소중한 기회였기에 빠지지 않고 참석하려 노력했다.

　다른 사람들 또한 나와 같은 생각이었는지 유명한 연주자들이 무대에 서는 날은 관객석이 빼곡했다. 관객석이 여유 있을 것이라 생각하여 연주 시간에 맞게 도착한 연주회조차 관객석은 거의 만석이었다. 적극적으로 홍보를 하지 않은 연주회에 어떻게 사람들이 이렇게 몰려들까?

　이런 의문이 들던 중 옆에 있는 미국 친구가 한마디 건넸다. 어릴 때부터 학교와 집은 클래식 음악을 포함한 다양한 음악을 접할 수 있게 만들어 주는 공간이었다고. 클래식 음악부터 재즈까지 다양한 음악을 접하며 서로 대화하고, 더 나아가 이를 통해 감정 교감을 한 경험은 높은 연령대의 관객들을 연주회장으로 모이게 한 원동력이라고 설명했다.

　미국에서의 나의 경험은 홍콩의 대표적 축제인 홍콩아트페스티벌의 한 프로그램을 접하게 되면서 다시 한번 상기되었다. 국제도시라 불리는 홍콩은 이에 걸맞게 다양한 색을 지닌 축제가 주변 곳곳에서 4계절 내내 열리고 있다. 그중 클래식 음악부터 연극까지 공연과 관련된 모든 예술을 아우르는 홍콩아트페스티벌은 다른 축제에서 볼 수 없는 흥미로운 프로그램을 포함하고 있다.

이는 10대 청소년의 클래식 음악 관객 개발을 위한 적극적 노력이 엿보이는 '10대 청소년 티켓 카드 및 자원봉사' 프로그램이었다. 이것은 10대 청소년 누구나 반값의 티켓을 살 수 있는 카드가 있고 이 카드를 구입한 청소년이라면 후에 홍콩아트페스티벌의 자원봉사 우선권이 주어지는 것이었다. 관객 개발을 위한 이 흥미로운 프로그램 덕분인지 홍콩에서 열리는 클래식 음악 연주회는 관객석이 비는 경우가 거의 없다고 한다.

홍콩과 미국에서 열리는 클래식 음악 연주회의 관객석이 대부분 만석인 이유는 10대 때부터 클래식 음악을 쉽게 접했기에 성인이 되어서도 클래식 음악 연주회의 적극적인 관객이 될 수 있지 않았을까? 현재 우리 주변에서 열리고 있는 많은 연주회에 관객들이 직접 찾아가지 않는 이유는 미국과 홍콩과는 다르게 어릴 때부터 음악과 함께하지 않았기 때문일 것이라 조심스럽게 추측해 본다.

시장 실패 영역이라 불리며 중·고등학교 교과과정에서까지 사라지고 있는 사실이 오늘날 클래식 음악의 현실이다. 그럼에도 불구하고 클래식 음악이 우리 곁에 여전히 함께하고 있는 것은 우리가 잊고 사는 순수한 감정을 깨우쳐주기 때문일 것이다.

우리의 깊은 마음속 잠재된 순수한 감정을 끌어내 주는 클래식 음악 시장이 널리 활성화되기 위해서는 물론 온라인이나 오프라인, 그리고 오피니언 리더를 통한 홍보가 우선시되어야겠지만, 이보다 관객들의 입맛을 어느 정도 채워주는 연주자들의 흥미로운 기획이 동반되어야 하고 미국과 홍콩과 같이 잠재적 관객 개발을 위한 노력도 반드시 따라주어야 할 것이다.

2) 10년 뒤 클래식 음악의 미래

　어느덧 2020년 1월이 다가왔다. 2020년은 다른 해와 다르게 새로 시작한다는 점에서 더욱 특별하게 다가온다. 해마다 새해에는 경제, 사회 등의 분야에서 다양한 전망을 내놓곤 한다. 2020년 올해도 마찬가지로 각 분야에서 각양각색 의견들을 내놓고 있다. 그리고 2020년이 끝나갈 즈음이면 본인의 의견이 맞았는지, 또는 틀렸는지에 대한 결과를 가지고 또다시 다음 해의 전망을 내놓을 것이다. 이러한 전망과 평가는 각 분야의 자양분이 되고 있다. 클래식 음악은 어떠한가? 문화 분야에서의 거시적 예측은 다양하게 나오고 있지만, 점차 사라지고 있는 클래식 음악을 살리려는 노력은 보이지 않는다.

　'클래식 음악이 사라지는 이유는 무엇일까. 앞으로 우리는 어디로 나아가야 할까.'에 대한 질문을 던졌을 때, 이에 대한 정확한 정답을 외치는 사람은 아무도 없을 것이다. 아마 문제를 해결할 수 없기에 현재 클래식 음악이 빛을 잃어가고 있는 것이 아닐까 짐작한다.

　그럼에도 불구하고 한 발짝 뒤로 물러나 조심스레 바라보면 조금이나마 윤곽이 드러난다. 얼마 전 어린아이를 둔 학부모들과 이야기를 나눌 기회가 있었다. 대화의 초점은 '피아노에 재능을 가진 아이를 전공으로 연결시킬 것인가'에 대한 그들의 의견이었다. 한 명을 제외한 모든 학부모들은 부정적인 의견을 쏟아냈다.

　경제적 여건, 졸업 후의 진로. 이 두 가지가 부정적인 의견의 주된 이유였다. 예술중학교, 예술고등학교, 그리고 음악대학의 응시인원이 줄고, 심지어 미달인 경우까지 나타난 현실은 클래식 음악의 어두운 면을 고스란히 보여주고 있다.

　물론 낮은 출산율이 하나의 이유로 언급될 수 있겠지만 20년 전과 지금의 학부모들이 바라보는 클래식 음악의 시선 차이는 무시할 수 없을 것이다. 그렇다면 경제적 여건은 바꿀 수 없다 하더라도 진로에 대한 문제는 긍정적인 답을 얻을 수 있지 않을까?

　예술의 전당이나 세종문화회관과 같은 주요 연주회장뿐만 아니라 주변 곳곳에서 볼 수 있는 작은 연주회장조차 연주회를 개최하고픈 연주자들로 항상 가득하다. 비싼 대관료를 지불해야 함에도 불구하고 나를 포함한 대다수의 연주자들은 연주경력을 위해 고군분투한다.

　매번 비싼 대관료를 지불하고 초대권을 나눠줘야만 하는 현실임에도 왜 이렇게 경쟁하며 연주를 하려 할까? 그렇다면 클래식 음악은 수익 창출이 전혀 불가능할까? 이에 대한 답을 얻기 위해 2020년 현재의 사회적 이슈로 눈을 돌렸다. 우리는 눈만 뜨면 볼 수 있는 인터넷을 열면 개인 유튜브 동영상을 쉽게 접할 수 있다. 이 유튜브 동영상은 콘텐츠만 있다면 유명인부터 일반인까지 누구나 가능하다. 클래식 음악과 관련된 유튜브 채널 중 바이올린을 전공한 두 학생이 음악가로서의 삶을 재미있게 표현한 동영상은 입소문을 타고 전 세계로 퍼졌다.

그들의 동영상은 클래식 연주자의 고민을 과장되지만, 사실적으로 묘사했고 이는 젊은 층이 쉽게 클래식 음악을 접할 수 있는 기회를 제공했다. 그들은 이를 계기로 세계 투어를 진행하며 경제적 창출을 이끌어냈다. 우리는 그들처럼 클래식 음악에 대한 새로운 시선이 필요하다.

연주회장에 직접 찾아가 연주자들의 호흡을 느끼며 감상하는 음악회도 물론 중요하지만, 클래식 음악을 콘텐츠화하여 관객들의 호응과 경제적 창출을 이끌어내는 것이 클래식 음악이 살아남는 길이 아닐까 조심스레 짐작한다.

앞으로 10년 뒤는 2020년 지금과 다를 것이다. 물론 과거로 돌아가려는 사람들도 있을 것이다. 하지만 불안정한 현시대를 통해 바라본10년 뒤의 미래는 검게 불투명하다는 의견에 대부분 동의할 것이 분명하다. 그럼에도 불구하고 2020년을 살고 있는 우리에게 정말 필요한 것이 무엇인지 고민하고 이를 해결하려 노력한다면 10년 뒤의 성적표는 그리 부정적이지 않을 것이다.

2020년 경제적 창출이 불가능하다고 여겨지는 클래식 음악이 2030년에도 같은 평가를 받을지는 아무도 모를 일이다.

3) 클래식 음악의 대중화를 위한 '실험'

미국의 작은 도시에서 작곡가로 이름을 날리던 조지 거쉰은 오케스트라 지휘자 폴 화이트먼에게 솔깃한 제안을 받는다. '사람들은 클래식 음악을 원하지 않아. 지금은 새로운 것을 찾아야 할 때야. 그건 재즈와 클래식을 융합하는 것뿐이야.' 반면, 유럽 독일의 작곡가 쇤베르크는 대중들이 아닌 자신이 원하는 방향으로 클래식 음악을 이끌었고, 그 결과 그는 대중들의 부정적인 시선을 받았다.

클래식 음악이 앞으로 나아가야 할 방향은 이 두 작곡가들이 시도한 방법 중 어디일까? 클래식 음악이 대중들의 입맛에 맞춰가야만 할까? 대중들이 클래식 음악을 찾게 할 수는 없을까?

현악6중주 〈정화된 밤〉으로 이름을 알린 20세기 독일 작곡가 쇤베르크는 음악사에서 중요한 한 획을 긋는 작곡가로 평가받는다. 그의 뒤를 따른 베베른, 베르크와 같은 문하생들은 그를 현대 클래식 음악 작곡가들 중 가장 영향력 있는 인물로 꼽았지만 그 당시 평론가들과 대중들은 그에게 곱지 않은 시선을 보냈다.

쇤베르크는 이렇게 말했다. '1914년 지금까지 평범한 날이었다고 한다면 지금 우리의 음악은 이것과는 완전히 달라야 한다.' 그는 독일의 옛날 음악을 받아들이지 않았고 더 나아가 음악을 단순하고 함축적으로 만들기 위해 12음기법을 고안해 냈다. 클래식 음악에 대한 그의 사랑에도 불구하고 그에 대한 대중들의 반응은 여전히 싸늘하기만 했다.

심지어 관객들은 그의 연주회에 발길을 끊기 시작했고 소리를 지르며 비난하기까지 했다. 하지만 그는 작곡을 멈추지 않았고 자신의 작품을 통해 과거에서 벗어나려 끊임없이 노력했다. 그것만이 클래식 음악이 살길이라 믿었기 때문이라 짐작한다.

대중들의 곱지 않은 시선에도 불구하고 자신만의 길을 찾아간 쇤베르크와 달리 유럽에서 저 멀리 떨어진 미국이라는 나라의 클래식 음악에 대한 작곡가들의 움직임은 완전히 다른 방향으로 향했다.

오케스트라 지휘자였던 화이트먼은 클래식 음악이 대중들로부터 살아남을 길은 재즈와 클래식 음악의 융합이라고 믿으며 조지 거쉰에게 한 작품을 의뢰했다. 의뢰를 받자마자 조지 거쉰은 뉴욕에서 보스턴으로 향하는 기차 안에서 번뜩 떠오른 멜로디로 단숨에 하나의 작품을 완성했다.

그 작품은 지금까지도 사랑받고 있는 'Rhapsody in Blue (랩소디 인

블루)'였다. 이 완성된 곡은 '현대 음악의 실험'이라는 타이틀로 개최한 연주회에서 초연되었다. 글리산도로 시작되는 도입부를 듣자마자 청중들은 환호하기 시작했다. 이 연주를 시작으로 레코딩은 백만 장이 넘게 팔렸고 연주 요청이 끊이지 않았다.

화이트먼과 조지 거쉰은 대중들의 입맛에 맞는 작품을 선택했고 결과적으로 그 당시 큰 성공을 거뒀다. 더 나아가 이 곡은 지금까지 청중들에게 사랑받는 작품으로 평가되고 있다.

21세기인 지금, 클래식 음악이 점점 사라지고 있다. 그럼에도 불구하고 클래식 음악은 복잡하고 힘든 시기를 살고 있는 우리에게 반드시 필요하다. 약 100년 전에 살았던 작곡가 쇤베르크와 조지 거쉰도 우리와 같은 생각이었는지 그들만의 방법으로 클래식 음악을 살리려 노력했다.

완전히 다른 그들의 방법 중 어떤 것이 더 좋은 것이라 할 수는 없다. 클래식 음악을 대중화하기 위해 우리는 청중들이 원하는 방향에 귀를 기울이고 동시에 듣는 청중들도 클래식 음악에 가까워지려는 노력 또한 해야 할 것이다.

4) 클래식 음악회의 노 키즈 존(No Kids Zone)

몇 년 전, 사람들이 많이 찾는 일명 맛집이라 불리는 유명한 레스토랑에 간 적이 있다. 회사원들의 점심 식사 시간과 맞물려서인지 레스토랑은 발 디딜 틈이 없었다. 우리가 도착하기 전 이미 식사를 시작한 엄마 2명은 아이들 식사까지 챙기느라 몹시 분주했다.

얼마 지나지 않아 한 아이가 신발을 신은 채 의자 위로 올라갔다. 그 상황을 지켜보던 주인의 얼굴이 찌푸려졌다. 주변에 앉아있던 손님들도 그들을 의식하기 시작했다. 그럼에도 불구하고 엄마 2명은 그 아이에게 아무런 제지도 하지 않았다. 그 2명의 손님으로 인해 레스토랑의 분위기가 싸늘해졌다.

주변 사람들도 제지를 못하고 눈치만 볼 뿐이었다. 아마 이러한 상황이 그 레스토랑에서 자주 일어난다면, 주인은 몇 가지 대책을 강구해야 할 것이다. 그래서 나타난 것이 '노 키즈 존(No Kids Zone)'

이다.

'노 키즈 존(No Kids Zone)'은 어쩔 수 없는 상황으로 인해 생겨난 사회적 현상이라 생각한다. 그러나 이와는 반대로 '온리 키즈 존(Only Kids Zone)'을 들어 본 적이 있는가. 남에게 해를 끼치는 아이들을 제지하지 못하는 엄마들의 태도가 제일 큰 문제이지만 오로지 아이들을 위한 공간이 부족하다는 사실도 문제 중 하나이다.

예전부터 공연예술계는 미취학 어린이들을 관객으로 맞이하지 않고 있다. 이는 당연한 현상이다. 몇 시간 동안 한자리에 앉아 있어야 하는 클래식 음악회를 포함한 많은 공연들은 어린아이들을 반기지 않는다. 심각한 장면이나 섬세한 감정표현을 요하는 연주를 감상하는 동안 아이들의 웃음소리가 들린다고 상상해 보자. 관객들은 좌석 구매를 위한 돈을 지불하고 연주가 아닌 아이들의 웃음소리를 들었다는 사실에 화가 날 것이다.

동시에 연주자들은 그들의 연주에 집중하지 못할 것이다. 하지만 그렇다고 어린아이들을 클래식 음악회의 관객석에서 배제시켜야 할까? 이 시점에서 어린아이들이 함께 할 수 있는 방안을 마련하는 것이 매우 중요해 보인다.

어린아이들은 클래식 음악회의 잠재적 관객들이다. 클래식 음악에 대한 유럽인들이나 미국인들의 시선은 우리나라와 다르다. 그들은 태어나기 전부터 클래식 음악을 듣는다. 그리고 태어나면서부터 클래식 음악과 함께 한다.

성인이 되어서도 클래식 음악회를 적극적으로 찾고 관객으로 참석하는 것은 태어나기 전부터 클래식 음악과 함께한 것이 이유가 아닐까 짐작한다. 우리나라도 잠재적 관객인 어린아이들을 간과해서는 안된다. 어린아이들을 위한 클래식 음악회가 필요하다.

이는 귀에 익숙한 클래식 음악을 위한 것이 아니다. 이해하기 쉬운 음악만을 따라가다 보면 클래식 음악이 갖고 있는 고유한 특성을 잃어버리기 쉽다. 이 두 갈래의 길을 잘 조합하는 것이 중요하다. 더 나아가 장소의 변화도 필요하다. 우리가 일반적으로 생각하는 무대를 벗어나 보는 것도 좋은 방법이 아닐까 생각한다.

보통의 클래식 음악회는 무대 위의 연주자와 관객이 멀리 떨어져 있다. 관객들은 연주자를 멀리서 숨죽여 지켜본다. 그들 사이의 벽으로 인해 관객들은 연주자에게 가깝게 다가가지 못한다. 길거리에서 연주가 진행되는 영국의 에든버러 축제를 떠올려보자. 연주자와 관객들이 같은 눈높이에 있는 것만으로도 그들 사이의 벽은 존재하지 않아 보인다.

정부의 출산 장려 정책에도 불구하고 현재 우리나라는 아이들의 인구 비율이 어르신들의 인구 비율에 비해 현저히 낮은 것이 사실이다. 그럼에도 불구하고 클래식 음악계는 어린아이들을 위한 기획이 필요하다.

잠재적 관객인 어린아이들을 위한 클래식 음악회는 점점 어두워지는 클래식 음악계에 한 줄기 빛이 되어줄 것이라 믿는다.

5) 우후죽순 늘어나는 공연장

2020년 11월 29일, 마지막 연극을 마치고 공공극장인 남산예술센터가 문을 닫았다. 연말에 연극을 보기 위해 온 사람들로 북적거려야 할 예술센터가 문을 닫는다고 하니 마음 한구석이 쓸쓸해진다. 사라져 가는 연극계에 불씨를 살리고자 개관한 예술센터가 사라진다는 사실은 우리나라 연극의 미래가 어둡다는 것을 의미한다.

이것은 클래식 음악을 공연하는 시민회관과 구민회관도 마찬가지다. 전국 각지에서 선거가 있을 때마다 후보자들은 시민회관이나 구민회관 건립을 공략으로 내건다. 사람들의 여가 생활을 위해 클래식 음악이 그 무엇보다 필요하다는 것을 대부분 알고 있다.

그래서인지 한때 우후죽순으로 연주회장이 늘어났고 대부분의 시(市)에 시민회관과 구민회관이 있다. 이곳들은 지방자치에서 직접 운영하고 있다. 하지만, 이곳에는 연주회가 거의 개최되고 있지 않다.

시민들의 여가 생활을 위해 지어진 시민회관이 활발하게 운영되고 있지 않다는 것이다. 대관료도 저렴하고 객석수도 많지만 연주자들과 관객들은 이곳을 찾지 않는다. 그 이유가 궁금해졌다.

1년 전 지방자치에서 운영하는 시민회관을 대관하기 위해 홈페이지를 찾기 시작했다. 처음부터 난관에 부딪혔다. 홈페이지에 시민회관을 대관하기 위한 방법이 눈에 띄지 않았다. 아주 조그마한 글씨를 클릭해야만 했지만 이 마저도 정보가 부족했다.

결국 시민회관에 직접 전화를 한 후 대관을 할 수 있었다. 그들은 시민회관의 이용을 위한 홍보를 적극적으로 하지 않고 있었고 공연 전문가 또한 배치되어 있지 않았다. 공연을 하기 위해 필요한 모든 것을 내가 직접 준비해야 했다.

그 당시 나는 그 시민회관을 더 이상 이용하지 않기로 마음먹었다. 이러한 이유 때문인지 시민회관에서 연주를 계획하는 연주자들이 거의 없다. 반면 개인이 운영하는 연주회장은 연주자들과 관객들을 위한 적극적인 홍보과 노력을 하고 있다.

상주 연주단체를 고용하는가 하면 적극적인 홍보를 위한 SNS, 홈페이지 등을 개설하여 관객들에게 다가가고 있다. 고용된 연주자들은 정기적으로 연주를 하고 월급을 받는다. 연주자들에게 월급을 주기 위해서라도 공연장의 관리인은 경제적 창출을 위해 그들의 연주를 적극적으로 홍보할 수밖에 없다. 이러한 구조는 긍정적인 결과를 낳게 하고 공연장과 연주자들에게 이득을 안겨준다.

클래식 음악에 대해 잘 알지 못하는 공무원들이 운영하는 시민회관은 변화되어야 한다. 공연 예술의 전문 지식을 갖추지 못한 그들은 시민들의 여가 생활을 위해 쓰여야 할 시민회관을 빈 채로 두고 있다. 순환 보직을 하며 자리 옮기기에 급급한 것도 큰 문제이다. 한자리에 오래 앉아있을 수 있는 운영진이 필요하다.

클래식 음악 전문가과 시민회관을 운영하는 전문 경영인이 그들이다. 클래식 음악 전문가의 프로그램 선정과 전문 경영인의 홍보는 큰 긍정적인 변화를 일으킬 것이라 생각한다. 물론, 시민회관이나 구민회관에서 열리는 클래식 음악 연주회가 관객들이 듣기 어려운 곡들로 구성될 필요는 없다. 시민들의 입맛을 사로잡을 수 있는 프로그램 개발, 이것이 클래식 음악 전문가의 역할이지 않을까.

그 결과 연주회장의 문턱이 낮춰질 것이다. 관객과 지역의 특성을 잘 조합한 프로그램을 개발할 수 있는 클래식 음악 전문가는 쓰러져가는 시민회관을 다시 일어설 수 있게 만들 것이라 믿는다.

10년 전 미국 유학시절 작은 교회, 창고, 양로원 등에서 연주한 적이 있다. 연주를 할 수 있는 장소만 있다면 연주회장이 되었다. 이것은 나에게 큰 충격이었다. 현재 우리는 250개가 넘는 시민회관이 있지만 클래식 음악회는 거의 열리지 않는다. 한 달에 반 이상은 사용되지 않는 경우가 많다.

만약 미국에서 이러한 연주회장이 있다면 연주자들과 관객들로 매일 북적일 것이다. 물론, 클래식 음악회를 적극적으로 찾으려는 관객들이 우리나라보다 많겠지만 새롭고 적극적인 시도를 통해 지역과 클래식 음악 둘 다 살릴 수 있을 것이다.

6) 클래식 음악회의 시도

2020년 우리나라 가요계에서 이슈는 방탄소년단(BTS)의 큰 활약이었다. '다이너마이트'라는 제목의 곡으로 그들은 한국 가수 최초로 빌보드 싱글 차트 1위를 차지했다. 유튜브에서는 너도나도 할 것 없이 방탄소년단의 노래와 춤을 따라 불렀다. 이어 나온 곡들도 사람들의 큰 호응을 얻었다. 미국에 살고 있는 나의 친구들조차 'BTS'의 노래를 따라 부르곤 했다. 얼마 전 방탄소년단의 공연이 유튜브로 생중계된다는 소식을 접했다.

평소 한국 가요에 큰 관심을 갖진 않았지만 미국 친구들도 좋아하는 방탄소년단의 무대가 궁금해졌고 유튜브에서 그들의 공연을 시청했다. 처음 무대를 화면으로 보았을 때 눈을 뗄 수 없었다. 평소 알던 무대와 확연히 달랐다. 넓은 무대에 화려한 의상과 몸짓, 그리고 표정까지 그 누구도 대체할 수 없는 독특한 분위기가 느껴졌다.

그리고 직접 눈 앞에서 보는 것처럼 생생했다. 분명 실제 현장의 공연과는 달랐다.

많은 클래식 음악회가 현재 취소되거나 연기되고 있다. 아니면 유튜브로 생중계하기도 한다. 2020년 코로나19가 전국적으로 유행할 때 나의 독주회를 유튜브로 생중계한 경험이 있다. 관객들을 초대하지 않고 하는 연주라 준비과정이 간략할 것이라 생각이 들겠지만 평소 연주하기 위해 준비했던 것보다 더 많은 노력과 시간이 들었다.

화면에 잘 어울리는 옷, 화장까지 신경 쓰느라 더 예민해졌다. 자칫 화면 속에 밋밋해 보일 수 있는 무대 배경을 변화시키고 싶다는 생각마저 들었다. 이렇듯 변화된 사회의 요구는 새로운 시도를 만들어 낸다. 새로운 시도의 한 예로 이머시브 공연을 들 수 있다.

이머시브 공연이란 관객이 공연에 직접 참여하게 하는 것으로 작품에 더 적극적으로 몰입하게 하는 형식을 말한다. 구체적으로 이야기하자면, 오페라 공연을 위해 5층 건물을 임대해 1층에서는 1막을, 2층에서는 2막을 동시에 공연함으로써 관객들은 자유롭게 자신이 감상하고자 하는 층을 방문하여 감상하는 것이다.

또 다른 예는 길에서 공연하는 영국의 한 단체이다. 60세 이상의 퇴직한 사람들로 구성된 이 공연단은 길을 다니는 사람들을 대상으로 공연을 한다. 매 해 공연을 하는 이 공연단은 영국을 대표하는 단체로 꼽힌다. 이 두 가지 예는 현재 우리가 살고 있는 사회의 요구에 의해서 생겨났다.

우리는 사람들이 어떤 클래식 음악을 원하는지 알 필요가 있다. 가만히 앉아서 사람들이 클래식 음악을 찾도록 기다리는 것이 아닌 그들의 요구를 받아들여야 한다.

코로나19는 클래식 음악계에 큰 영향을 주었다. 공연이 줄줄이 연기가 되거나 취소가 되었다. 무대가 없어진 탓에 연주자들도 큰 타격을 받았다. 이렇듯 클래식 음악 시장 전반이 어두워졌다. 어려운 상황임에도 불구하고 현재 클래식 음악 연주자들과 기획자들은 새로운 길을 탐색하며 찾고 있다.

새로운 길의 탐색에 온라인의 힘이 크게 작용하고 있다. 클래식 음악은 지금까지 생각지 못한 새로운 기술의 도입이 시급하다. 클래식 음악을 들려주기 전, 화면 속을 들여다보는 관객들의 시선을 사로잡아야 할 때이다.

7) 상품화되어가는 클래식 음악

텔레비전을 켜면 소위 아이돌이라 불리는 연예인들을 쉽게 볼 수 있다. 이름을 외우지 못할 정도로 너무나 많다. 아이돌로 데뷔만 하면 십 대들의 우상이 될 수 있다는 믿음 때문인지 요즘 청소년 대부분의 꿈은 아이돌이 되는 것이다.

'아이돌 산업'이라는 단어를 들어봤는가. 현재 우리나라에서 활동하는 아이돌이 몇 팀이나 될까. '아이돌 산업'이라는 단어가 생길 정도로 아이돌 그룹을 통해 벌어들이는 수입이 어마어마하다. 하지만, 사람을 상품화한다는 이 의미가 나는 긍정적으로 받아들여지지 않는다.

그들은 텔레비전에 얼굴 한 번만 나올 수 있기를 바라는 마음으로 춤과 노래를 매일 연습한다. 이것이 끝이 아니다. 외모도 가꿔야 하고 성격도 좋아야 한다. 학교에서의 생활도 모범적이어야 한다. 누군가에게 흠이 잡히면 안될 정도로 완벽해야 한다.

초·중·고등학교 교육과정에서 사라져 가고 있는 클래식 음악을 위해 현재 연주자들이나 기획자들은 클래식 음악의 콘텐츠를 개발해서 상품화하려는 움직임이 일어나고 있다.

한 예로 클래식 음악의 콘텐츠로 운영하는 유튜브 채널을 들 수 있다. 하지만, 대부분의 유튜브 채널은 시청자들의 관심을 사로잡기 위해 귀에 익숙한 곡들만 다루는 경향이 있다. 광고나 영화에 나와 유명해진 클래식 음악이 선택된다. 이것은 유튜브 채널뿐만 아니라 음악회에서도 마찬가지다. 우리가 잘 알지 못하는 곡들은 잘 선택되지 않는다.

이러한 움직임으로 인해 클래식 음악의 다양성을 보여주지 못하고 있다. 가치가 있는 다양한 클래식 음악이 점점 사라지고 있다. 사회의 요구에 따라 클래식 음악의 방향이 달라져야 함은 인정하지만 클래식 음악이 가진 본연의 아름다움과 다양함의 가치를 무시해서는 안된다.

갑자기 인기가 많아진 아이돌 중에 감사함을 잃어버리고 인기가 갑자기 추락해가는 경우가 많다. 대중의 인기를 등에 업고 이제껏 해왔던 노력을 게을리하기 시작한다. 팬과 관객들은 그들의 태도를 금방 알아챈다. 그러다 등을 돌린다. 힘들게 얻은 인기를 하루아침에 물거품으로 만드는 경우가 허다하다.

대중의 인기를 얻는 것이 마지막 목표가 되어서는 안 된다. 그럴수록 자신이 추구하는 아름다운 음악의 본질을 찾아 부단히 노력해야 한다. 클래식 음악도 마찬가지다. 클래식 음악의 대중화만을 생각하여 아름다운 클래식 음악의 본질을 잃어서는 안 될 것이다.

8) 이미지 변신은 나를 버리는 것일까?

크리스마스에 어울리는 영화 중에 하나인 '해리 포터'. 빼놓을 수 없는 주인공인 '다니엘 래드클리프'의 근황에 대한 기사를 얼마 전 볼 기회가 있었다. 30대 초반인 그가 영화 '해리 포터'로 벌어들인 수입은 약 1100억이라 한다. 하지만 그는 이 돈을 지금까지 거의 사용하지 않았다고 전한다.

한 인터뷰에서 그는 돈에 대한 자신의 소신을 이야기했다. '그 당시 벌어들인 돈을 쓴 적이 거의 없다. 돈이 주는 좋은 점은 먹고사는 것에 걱정할 필요가 없고 이것은 나에게 큰 자유를 준다. 참 감사하다.' 어린 시절 데뷔했을 때부터 간직했던 초심을 지금까지 이어오고 있다.

인기를 한 몸에 받으며 스타덤에 오른 그는 항상 루머에 둘러싸여 있었다. 이러한 루머에도 불구하고 착실하고 인성이 바른 탓에 그를 아는 주변인들은 그에 대한 루머에 흔들리지 않았다.

'해리 포터'에서 보여주는 이미지를 변화시키고자 그는 다양한 장르의 영화에 출연했다. 아내를 잃은 변호사, 손에 총이 박힌 채 살아남아야 하는 사람 등 내면 깊숙이 파고드는 역할을 훌륭히 소화해냈다.

클래식 음악도 지루하다는 선입견에서 벗어나기 위해 변신을 시도해야 한다. 우리가 일반적으로 알고 있는 클래식 음악은 약 400년 전 유럽에서 시작되었다. 궁정에 속한 음악가가 자신을 고용한 사람들을 위해 작곡을 해야 했다는 건 당연할 것이다.

또한, 그 당시 음악회에 참석할 수 있는 관객은 상류층이나 돈이 있는 마니아만이 가능했다는 것도 이해가 간다. 과거 음악회에 참석할 수 있는 관객이 선택된 소수일 수밖에 없었던 상황이 2020년 지금까지 이어오고 있다.

이 때문인지 '클래식 음악은 상류층 문화이다. 이해하기 어렵다.'라는 선입견을 낳았다. 다시 말해, 상류층 문화인 클래식 음악을 소비하는 것이 상류층으로의 진입을 의미하는 선입견을 갖게 했다. 하지만, 클래식 음악회 곳곳에서 조금씩 변화가 일고 있다.

하나의 예로 클래식 음악과 재즈나 국악을 함께 연주하기도 한다. 새로운 시도를 함으로써 클래식 음악의 선입견을 깨려는 노력에도 불구하고 몇몇 음악가들은 이러한 노력을 비평한다.

물론, 몇 백 년 이상 이어온 클래식 음악의 아름다움에 대한 시선을 변화시키는 게 쉽지 않을 수 있다. 그렇지만 뒷짐 지고 앉아서 클래식 음악이 사라지는 상황을 지켜만 보고 있을 것인가. 몇 백 년 전 유럽에서 유행했던 클래식 음악의 가치를 품고 조금씩 변화시켜 나가야 한다.

이미지를 변신한다는 것은 나를 버린다는 의미가 절대 아니다. 평생 먹고살아도 남을 만큼 큰돈을 벌어들인 '해리 포터'의 주인공 다니엘 래드클리프는 다양한 배역을 소화하기 위해 노력을 마다하지 않는다.

이미 굳어져버린 '해리 포터' 주인공의 이미지를 탈피하려 매번 새롭고 다양한 배역을 맡으려 시도한다. 스타덤에 올라 성공했다 사라진 다른 아역배우들과 달리 그는 현재까지 주조연 가리지 않고 다양한 배역을 소화해 나가고 있다.

또한, 그는 자신의 연기에 대해 진지하고 그만큼 열정이 넘치기에 온갖 루머에도 흔들리지 않았다고 생각한다.

오랫동안 이어온 클래식 음악의 이미지 변신한다는 의미가 클래식 음악의 가치와 본연의 아름다움을 버린다는 것이 아니다. 클래식 음악 본연의 아름다움을 간직한 채 조금씩 변화를 추구해야 한다는 의미이다. 그래야 클래식 음악이 선택된 소수가 아닌 많은 사람들의 사랑을 받으며 오랫동안 지속될 수 있을 것이다.

9) 특별함을 입은 클래식 음악

　현재 온라인 중고거래시장에서 가장 인기 있는 물건은 단연 스타벅스의 서머 레디 백이다. 2020년 여름 파스텔 톤 컬러에 스타벅스 로고가 박힌 이 가방의 열기가 대단했다. 한 개당 10만 원 이상으로 팔리면서 그 인기는 하늘을 치솟았다. 어떤 이는 이 가방을 받기 위해 300만 원을 쓰기도 했다.

　'스타벅스'라면 돈을 아끼지 않고 기꺼이 큰돈을 지출하는 사람들이 많다. 미국이나 캐나다보다 우리나라에서 커피의 가격이 더 비싸지만 이상하게도 많은 사람들이 이곳에 와서 무언가에 홀린 듯 돈을 쓴다. 선명한 스타벅스 로고가 그려진 컵을 손에 들고 자신은 특별하다는 생각을 하며 거리를 걷는다.

　'스타벅스'를 찾는 사람들은 커피는 좀 비싸지만 그곳은 특별한 경험을 제공한다고 이야기한다. 고객의 입맛을 맞추려는 노력과 색

다른 커피의 제공, 그리고 특별한 매장의 분위기는 고객들이 특별한 대우를 받고 있다는 느낌을 받도록 한다. 자신의 이름이 적힌 황금색 스타벅스 카드를 손에 들고 있다고 상상해보자. 특별한 대우를 받는다고 생각할 수밖에 없다. 어느새인가 스타벅스 마니아가 되어 있을 것이다. 이렇듯 스타벅스만의 독특한 마케팅은 고객들이 그곳을 더 찾고 싶게 만들었다.

클래식 음악도 독특한 마케팅이 필요하다. 사람들이 찾도록 만들어야 한다. 헝가리 부다페스트 페스티벌 오케스트라는 젊은 관객들의 입맛을 사로잡고자 한 가지 독특한 시도를 했다. 클래식 음악과 디지털 기술의 융합이었다. 클래식 음악에 대한 젊은이들의 흥미를 되찾고자 길에 대형 간판을 설치했다.

누구나 이곳에 서서 스마트폰을 한 손에 쥐고 화면에 보이는 오케스트라를 지휘할 수 있었다. 이곳에 서있는 순간에는 누구나 지휘자가 될 수 있는 것이다. 오래전부터 클래식 음악에 대한 관심이 높았던 헝가리이지만 현재 젊은이들의 수요가 점점 적어지고 있다.

쉽게 다가갈 수 없었던 클래식 음악을 디지털 기술과 융합함으로써 젊은이들의 클래식 음악에 대한 인식이 조금이나마 긍정적으로 변했다. 몇 백 년 전 유럽에서 유래한 클래식 음악은 나이 지긋한 어른들을 위한 음악이라는 선입견을 갖고 있다.

젊은이들은 클래식 음악 대신 팝이나 재즈에 더 열광하곤 한다. 나이에 상관없이 모두 즐길 수 있는 클래식 음악 문화를 어떻게 만들어갈 수 있을까? 상류층을 위한 문화라 인식되고 있는 클래식 음악을 다시 한번 들여다볼 필요가 있다.

대부분의 사람들은 남들에게 보여지는 자신의 모습을 굉장히 신경 쓴다. 클래식 음악을 들으면 자신이 더 특별해지고 남들의 관심을 받게 된다는 느낌을 받을 때 사람들은 클래식 음악을 더 찾게 될 것이다.

클래식 음악의 특별함이 돋보여야 한다. 클래식 음악을 어떻게 마케팅하느냐가 중요하다. 현재 우리나라의 소비자들은 자신의 감성을 충족시켜줄 수 있는 독특한 소비를 추구한다. 그것이 얼마든 간에 소비자들은 기꺼이 돈을 지출한다. 대중들의 욕구를 무작정 따라가서는 안된다.

클래식 음악만이 줄 수 있는 문화적 경험을 돋보이게 해야 한다. 스타벅스는 그들만이 가진 독특하고 특별한 마케팅으로 사람들의 마음을 움직였다. 스타벅스 로고가 새겨진 가방을 들고 뿌듯하게 길을 걷도록 만들었다. 클래식 음악도 클래식 음악만이 가진 특별함으로 마케팅을 해야 할 때이다.

10) 클래식 음악의 희망

    클래식 음악을 찾는 관객들이 줄어들고 있다는 소식을 주변에서 많이 전한다. 코로나19로 인해 경제 상황이 침체되어 있는 데다 연주자들이 설 수 있는 기회마저 사라지고 있어 클래식 음악은 더 위기에 빠지고 있다. 이것은 우리나라에만 해당되는 것이 아니다.

    전 세계적으로 클래식 음악의 미래는 어두워지고 있다. 경제적 창출이 불가능하다고 평가받는 클래식 음악은 다른 분야보다 더 불황이다. 대중들의 인기를 한 몸에 받고 있는 연주자들조차 고전을 면치 못하고 있다. 19세기에 인기를 누리던 클래식 음악이 왜 사람들의 시선에서 외면받고 있을까? 어떻게 이 클래식 음악의 위기를 이겨낼 수 있을까?

    1800년대로 들어서면서 유럽과 미국에서 중산층이 늘어났다. 먹고 살만큼 돈이 충분한 이 중산층은 돈을 쓰기 위한 문화생활을 찾았다. 클래식 음악회의 방문은 그들의 요구에 딱 들어맞는 문화생활이었다. 하지만, 클래식 음악이 음반으로 제작되고 라디오나 텔레비전 곳곳에 흘러나왔다. 굳이 연주회장에 가지 않아도 쉽게 클래식 음악을 접할 수 있었다.

클래식 음악회에 직접 방문하여 감상할 필요가 없었다. 점점 클래식 음악의 영향력은 감소했다. 이러한 현상은 지금까지 이어져 왔다. 결국 소수만이 즐길 수 있는 문화로 자리매김하면서 초·중·고등학교에서 클래식 음악을 다루는 음악교과의 중요성이 사라지기 시작했다.

과연 학교에서 클래식 음악이 사라져도 될까? 인간의 마음을 흔들 수 있는 유일한 것은 클래식 음악이다. 인간의 감정을 다룰 수 있는 클래식 음악이 사라져서는 안 된다. 앞으로 클래식 음악이 나아가야 할 길은 잠재적 관객을 개발하는 것이다.

이것은 청소년의 음악 교육에 달렸다. 더 나아가, 클래식 음악의 본질과 그 아름다움을 찾아낼 수 있도록 철학의 도움이 필요하다. 마지막으로, 클래식 음악을 누가 어떻게 경영해야 할지 고민해야 한다. 가만히 자리에 앉아서 사람들이 클래식 음악을 듣기만을 기다리는 것이 아닌 찾도록 만들어야 한다.

클래식 음악과 연관된 모든 이들의 적극적인 노력이 앞으로 계속될 것이라 믿는다.

참고문헌

민은기 (2018). 서양음악사: 피타고라스부터 재즈까지 (음악세계)

박승찬 (2018). 아우구스티누스에게 삶의 길을 묻다 (가톨릭출판사)

오희숙 (2009). 음악 속의 철학 (심설당)

오희숙 (2009). 철학 속의 음악 (심설당)

음악세계 편 (2001). 슈베르트: 작곡가별 명곡해설 라이브러리 13 (음악세계)

Hegel, G.W.F. (2016) Musik

Hamoncourt, N. (2006). Musik als Klangrede (강해근 옮김).

　– 바로크음악은 '말'한다 (음악세계)

Haruhiko, S. (2010). Nietzsche invites you into his philosophy of life (박재현 옮김).

　– 니체의 말 (삼호미디어)

Siepmann, J. (2015). Beethoven his life and music (김병화 옮김).

　– 베토벤, 그 삶과 음악 (포노)